나만의 맛길

행복이
머물렀다

나만의 맛길

행복이
머물렀다

김수경 글 | 김수경, 이갑성 사진

CONTENTS

들어가기 전 _ 009

CHAPTER 1
HAPPYNESS 幸福

|

내 손안에 있는 작은 행복을 잡고 싶었다 _ 010

나는 좋아하지 않았지만 아버지는 좋아하셨다 순댓국_012 Ⅰ 행복이 잠시 머물렀다 제육볶음_018 Ⅰ 편견을 버리니 새 맛에 빠졌다 곱창_028 Ⅰ 20대의 열정이 떠오르면 아리게 매운맛이 생각난다 낙지볶음_034 Ⅰ 기대와 후회가 뒤섞이는 것도 삶의 재미 닭갈비_042 Ⅰ 세상 어디에도 없는 구워 먹는 보쌈_050 Ⅰ 사람의 끓는점 라면의 끓는점 부대찌개_056 Ⅰ 기다려도 다시 기다리고 싶었던 순간 닭꼬치_062

CHAPTER 2
LOVE 愛

|

사랑하고, 사랑했다 _ 076

팥빙수를 먹기 전엔 팥빙수가 아니었다 **팥빙수** _ 078 ǀ 그리움은 사랑을 부른다 **김치찌개** _ 086 ǀ 기다렸던 사람은 오지 않고 음식은 그대로 **돈가스** _ 094 ǀ 그 누군가가 베푼 무한한 사랑 **제주산 백돼지** _ 100 ǀ 사랑은 빈대떡에서 이별은 빈대떡으로 **빈대떡** _ 110 ǀ 허름한 주점에서 뜯는 추억거리 **이갈비** _ 118 ǀ 뭔가 사연이 있는 안타까운 커플과 설탕이 듬뿍 들어간 **토스트** _ 128 ǀ 사랑이라는 감정의 파도가 몰아칠 때 **장어덮밥** _ 136

CHAPTER 3
LONELINESS 孤寂

|

비로소, 혼자가 되었다 _ 144

사계절 청국장, 여름 **콩국수** _ 146 ǀ 남대문을 가야 할 이유 중 하나 **호떡** _ 154 ǀ 내 곁에 있었던 그들, 내 곁에 있는 그들이 그리울 때 **사라다빵** _ 164 ǀ 잠시 쉬다 보면 숨을 고르다 보면 **대추차** _ 170 ǀ 잔잔한 일상에 색다른 한 줄 **김밥** _ 178 ǀ 비로소, 혼자가 되었다 **육회비빔밥** _ 182 ǀ 모르는 사람과 함께 먹는 **감자국** _ 190 ǀ 맑고 시원한 국물을 먹고 싶은 날, 매콤하고 칼칼한 국물이 먹고 싶은 날 **대구 뽈탕** _ 196

CHAPTER 4
TOGETHER 孤寂

|

같이 갈까? _ 202

재현이 아닌 공존으로 **우동 한 그릇_204** ㅣ 너와 내가 함께 먹어야 할 **탕수육
_214** ㅣ 고양이가 좋아한 고등어, 그런 고양이를 좋아한 나 **고등어구이_220**
ㅣ 엄마와 오랫동안 함께 걷고 싶다면 **곰탕_228** ㅣ 뭔 맛인지 모르고 먹다가 뭔
맛을 느껴버리는 **평양냉면_236** ㅣ 새로운 아침을 여는 힘 **돼지불고기_242** ㅣ
너와 나의 취향이 공존되기 위해서 **육개장칼국수_250** ㅣ 잠시 뒤로 물러나야
만날 수 있는 사람들 **물회_256**

CHAPTER 3
COMFORT 慰安

|

토닥토닥, 날 위해서 _ 262

누런 갱지에 가득 담겨진 수제 전병 _ 264 ㅣ 비 오는 날 친구와 딱 한잔 곰장어 _ 272 ㅣ 나의 세계가 좁아질 때마다 먹는 팥죽 _ 278 ㅣ 얽히고설킨 감정을 풀어내고 싶을 때 떡을 돌리는 마음으로 _ 284 ㅣ 닭다리 하나는 아버지에게, 옛날통닭 _ 290 ㅣ 후루룩, 국수를 먹는다는 것에 대해서 국수 _ 298 ㅣ 가슴의 체증아, 쑥 내려가라 북엇국 _ 306 ㅣ 어른을 위로하는 분식 떡튀맥 _ 310 ㅣ 별것 아닌 것 같지만 도움이 되는 콩나물국밥 _ 316

마흔 개의 맛집 주소 _ 324

긴장을 풀고 마음을 든든하게 채울 수 있는
마흔한 개의 추억과 맛

맛에는 객관적인 기준이 없다. 주관적인 느낌이 가득하기에 누군가에겐
맛있지만 누군가에겐 맛이 없을 수도 있다. 그럼에도 이 책에서 조심스럽게
각 종류의 음식과 가게를 나열한 것은 그 안에 마음이 따뜻해지는, 문득
그리워지는 이야기가 있기 때문이다. 그리고 그 이야기에는 우리 모두의
추억이 깃들어져 있다. 이 책은 마흔한 개의 추억과 마흔한 개의 음식을
담았다. 추억의 골목을 걸으며 마음과 배가 든든해지는 맛있는 음식 한
그릇을 먹고 세상이 주는 슬픔에서 벗어나 한 숨의 위안을 얻을 수 있기를
바라는 마음으로 이 책을 출간한다. 그리고 이 책에서 말하는 한 그릇을
먹고 터덜터덜 말고 가뿐하게 앞날을 걷기를 바란다. 사랑과 위로를 담아
한 그릇 대접하고 싶다는 마음으로, 당신을 위해 추억과 그리움이 깔린
맛의 세계로 가고자 한다. 먹으면서 울고, 먹으면서 웃다 보면 짧다면 짧고
길다면 긴 이 한 세상 매끄럽게 살아갈 수 있지 않을까?

당신에게 행복이 잠시 머물렀으면 좋겠다.

CHAPTER 1

HAPPYNESS

幸福

내 손안에 있는
작은 행복을
잡고 싶었다

나는 좋아하지 않았지만
아버지는 좋아하셨다

순댓국

값비싼 스테이크와 와인보다
순댓국에 소주 한잔을 더 좋아했던 아버지의 정이 그립다

나는 순댓국을 그다지 좋아하지 않았다. 뽀얀 국물에 순대와 각종 부속이
들어차 있는 것이 왠지 마음에 들지 않았기도 했지만 가장 큰 이유는
물에 빠진 고기에 대한 거부감이 심하던 시기가 있었기 때문이다. 정확한
시기도 알 수 없이 어린 시절 갖게 된 거부감은 성인이 되어서도 지속되다가
유학 생활을 계기로 하나씩 지워지더니 급기야 수많은
회식에 끌려다니면서 완벽하게 청산이 되었다.
이제는 물불 안 가리고 고기라면 사족을 못 쓰지만 그중에서도 순댓국은
내게 조금 더 특별하다.

스테이크에 와인보다 순댓국에 소주 한잔을 더 좋아하셨던 아버지는
일주일에 두세 번은 드실 정도로 순댓국 마니아셨다.
맛있는 저녁을 사드리겠다는 말에 순댓국이 제일 좋다고 한사코
순댓국집으로 들어가시는 아버지의 마음을 이해하면서도 항상 희생과
절제만 하시는 부모님의 삶이 답답했다.

투덜거리며 순대와 내장을 전부 아버지의 뚝배기에 덜어 드린 후 국물에
밥을 조금 말아 깨작깨작 먹는 모습을 보시고는 미안하다는 말씀을 하시던
아버지께 순댓국이 싫거나 이런 상황에 화난 것이 아니라 아버지께서
좋아하시는 녹진하고 터프한 스타일의 순댓국은 이제 막 순댓국을 먹기
시작한 초보에게는 이른 맛이라서 잘 먹지 못할 뿐이라고 말씀드리지 않은
것은 지금도 후회되는 일이다.

그때 제대로 말씀을 드렸다면 아버지 혼자서, 또는 가끔 엄마와 순댓국을
드시러 다니는 대신 순댓국의 다양한 맛에 내가 자연스럽게 익숙해질 수
있도록 알맞은 곳을 데리고 다니셨을 것이다. 한글을 내게 처음 가르쳐
주셨을 때처럼 차근차근.
엄마의 입맛을 닮은 것인지 순댓국 공력이 부족한 탓인지 나는 아버지께서
즐겨 드시던 녹진하고 터프한 맛의 순댓국보다는 진하고 깔끔한 맛의
순댓국을 선호한다.

그중 선릉에 있는 순댓국집은 처음으로 순댓국이 맛있는 음식이라는 걸
깨닫게 해준 가게다. 순댓국에 거부감이 심한 사람도 부담스럽지 않게 즐길
수 있는 맛이고, 순대와 수육을 조금씩 맛볼 수 있는 메뉴도 있어 나처럼
혼밥을 즐기는 사람도 무난하게 드나들 수 있다.
보글보글 끓는 뚝배기에 나오는 순댓국은 푹 우려낸 사골 육수에 순대보다
내장이 더 넉넉하게 들어가 있다. 속이 꽉 찬 순대는 부드럽고 고소하고,
한입 크기로 자른 내장은 부위별로 다른 맛과 식감을 준다. 들깻가루까지
뿌린다면 고소한 맛이 더욱 강해진다.

**이 순댓국을 먹고 있노라면 불현듯 아버지와 마주앉고 싶다.
순댓국 옆에 늘 함께 있던 소주잔에 좋아하시는 빨간 뚜껑
소주를 가득 따라 드리고 싶다.**

요즘 들어 순댓국과 아버지가 부쩍 그리워지는걸 보니 계절이 바뀌려나
보다.

집에서 순댓국 맛있게 요리하기

순댓국이 먹고 싶은데 주변에 갈 만한 순댓국집이 없다면 집에서 직접 만들어보자. 시판 사골 육수와 순대만 있다면 꽤 그럴싸한 순댓국을 만들 수 있는데 만드는 방법마저 라면 끓이는 정도로 간단하다.

재료(2인분)

순대와 내장(약 300g), 사골 육수 500g(시판용 1팩), 물 1컵, 대파 1대(10cm), 부추 한 줌(깻잎순으로 대체 가능), 들깻가루 취향껏, 후추와 새우젓 약간

양념 : 고춧가루 2큰술, 다진 마늘 1큰술, 생강즙 1작은술, 간장 1큰술

만들기

1 순대와 내장은 분식집에서 구입하여 사용하면 편리하다. 시판용 순대와 내장을 사용할 경우는 한번 데치거나 쪄서 사용한다.

2 대파는 송송 썰고, 부추는 3cm 길이로 자른다.

3 뚝배기에 사골 육수와 물을 넣고 끓인다. 시판 사골 육수는 간이 되어 있어 별도의 간을 하지 않아도 된다.

4 순대와 내장을 넣고 끓인다. 한소끔 끓어오르면 불을 끈다.

5 볼에 끓고 있는 사골 육수 2큰술과 고춧가루를 넣어 고춧가루를 불린 뒤 남은 양념장 재료를 넣고 섞어 양념장을 완성한다.

6 뚝배기 위에 대파, 부추, 들깻가루, 후추, 양념장을 얹고, 새우젓으로 간을 맞춘다.

행복이
잠시 머물렀다

제육볶음

그토록 찾아 헤맨 행복도,
배가 든든해야 찾아온다

공부는 열심히 하지 않았지만 공부하러 다닌 척은 해봤다. 특히 풍경이
예쁜 도서관이 있는 경우, 쓸데 없이 찾아가 책 한 권을 들고 근처를 배외한
적도 있었다. 지금보다 딜 각박했던 어린 시절에는 그랬다.

청계천과 종로의 윗동네라고 해서 이름이 붙여진 북촌은 창덕궁과 경북궁
사이에 위치한 팔판동, 삼청동, 화동, 가회동, 재동, 계동, 원서동 일대를
일컫는다.

과거와 현대가 조화롭게 공존하는 거리를 걷다 보면 마주하게 되는 한옥의
아름다운 자태와 손때 묻은 오래된 건물, 한국적 전통미를 현대적으로
재구성한 특색 있는 분위기는 다른 곳에서 볼 수 없는 북촌만의 매력으로
사람들의 발길을 끌어모으고 머물게 한다.

나 역시 북촌 골목길 사이사이를 채우고 있는 옛 정취를 간직한 한옥과
역사적 가치를 지닌 고택, 개성 있는 공방과 아담한 갤러리, 카페와 음식점,
매력적인 도서관을 좋아한다.

그중에서도 정독도서관은 여고 시절 친구들과의 에피소드를 간직하고

있는 특별한 추억의 장소다.

봄이면 흐드러지게 핀 벚꽃을, 여름이면 강렬한 장미꽃을, 가을이면
멋스러운 단풍을, 겨울이면 새하얀 눈을 볼 수 있다.
사계절 내내 아름다운 곳으로 책을 보러 가지 않더라도 북촌에 오면 들르게
되는 곳이다. 볕 좋은 날, 야외정원의 벤치에 앉아 달달한 믹스 커피를
마시며 읽고 싶은 책을 읽다 보면 그토록 찾아 헤맨 행복감이라는 것이 별거
아니구나 싶다.

한옥 건축 기법을 가미해 자연 채광과 여백의 미를 살린 공간에서 느껴지는 편안함, 그로 인해 읽고 보게 되는 책 속의 감각들이 더욱 선명하게 다가와 좋은 자극이 되고 새로운 영감을 준다.

비정기적으로 다양한 전시와 소규모 영화제, 강연 등이 열리고 있어 찾아갈 때마다 특별한 경험을 할 수 있다. 커피를 곁들여 책을 음미할 수 있는 북카페도 있어 좋다.

마음의 양식을 채우러 가기 전 먼저 해야 할 일은 든든하게 배를 채우는 것이다. 이국적이고 트렌디해지는 북촌의 음식들 틈에서 집밥 같은 정갈한 한상 차림을 합리적인 가격에 차려주는 곳이 있다. 북촌 8경이 시작되는 원서동에서 1996년부터 쌈밥을 전문적으로 팔고 있는 이곳은 창덕궁 길 고개 넘어 웅장한 모습을 드러내는 장관이 일품인 북촌 1경 바로 밑에 위치해 있다.

투박한 간판에서부터 구수함이 느껴지는 이 가게는 몇 계단 내려가야 하는 반지하에 있다. 점심 메뉴는 단 2가지로 제육쌈밥과 쌈밥정식. 고기를 좋아하는 나로선 살피고 잴 필요도 없이 무조건 제육볶음이 나오는 제육쌈밥을 주문한다.

고슬고슬 지은 뜨거운 공깃밥과 맛깔 나는 8가지 기본 찬은
할머니가 놀러온 손주를 위해 정성스럽게 차린 밥상을 떠올리게 한다.

8지의 반찬 중 달걀말이, 도토리묵, 김치를 제외하고는 계절에 나는 제철
식재료를 이용해 그때그때마다 다른 반찬이 나온다.
푸드스타일리스트라는 직업상 외식을 많이 하는데 나오는 반찬만 봐도
음식을 잘하는 곳인지 감이 온다. 이곳은 그 감이 틀리지 않았다는 걸
확인할 수 있다.

쌈밥에 빠질 수 없는 6~7가지의 쌈채소, 집된장으로 만들어 묵직하고
고소한 맛을 뚝배기에 가득 담아 나오는 강된장, 우렁된장국은 뜨끈한
밥에 넣어 쓱쓱 비벼 먹어도 맛있다.

제육볶음은 채소는 거의 보이지 않을 정도로 고기가 듬뿍 나오는데
먹어도먹어도 질리지 않는다. 양념이 잘 밴 고기는 비계와 살이 골고루
분포된 도톰한 생돼지 앞다리 살을 사용해 쫄깃하면서도 부드럽다.

돼지고기는 매일 아침 동네 정육점에서 구입하니 신선하지 않을 수 없다. 특별한 것이 없이 소박하지만 먹자마자 기운이 나는 할머니의 밥상을 떠올리게 한다.

이곳에서 든든하고 행복하게 배를 채웠으면 근처에 있는 도서관으로 마음의 양식을 채우러 가는 것도 좋다. 느긋하지만 기분 좋게 걷다 보면 굳이 책을 읽지 않아도 내 안의 무언가가 생겨지는 것 같다.

집에서 제육볶음 맛있게 요리하기

남녀노소 불문하고 모두에게 사랑받는 음식 제육볶음. 직장인들이 점심으로 가장 만만하게, 그리고 만족스럽게 선택할 수 있는 메뉴이자 퇴근 후 후다닥 만들어 밥반찬으로 먹거나 안주로 즐기기에도 좋다. 돼지고기 앞다리 살은 지방이 적당하고 담백하면서도 가격까지 저렴해 제육볶음용으로 좋은데, 청양고추 1개를 어슷하게 썰어 채소와 함께 볶으면 매콤한 버전의 제육볶음을 즐길 수 있다.

재료(2인분)

돼지고기 앞다리 살 600g, 양파 1개, 부추 한 줌, 물 1큰술, 통깨 약간

양념 : 고추장 3큰술, 고춧가루 3큰술, 간장 3큰술, 매실액 3큰술, 올리고당 2큰술, 후추 약간, 다진 마늘 1큰술, 다진 생강 1큰술, 참기름 1큰술

만들기

1 돼지고기는 키친 페이퍼로 핏물을 제거하고 한입 크기로 썬다. 양념장에 돼지고기를 넣고 잘 버무린 뒤 30분~1시간 재워둔다.

2 양파는 5mm 두께로 채 썰고 부추는 3cm 길이로 썬다. 대파는 어슷하게 썬다.

3 달궈진 프라이팬에 돼지고기를 넣고 볶다가 익기 시작하면 양파를 넣는다. 고루 섞어 볶아주다가 물을 넣고 뚜껑을 덮는다.

4 돼지고기기가 어느 정도 익으면 뚜껑을 열고 부추와 대파를 넣어 빠르게 볶는다.

5 그릇에 담고 통깨를 뿌려 완성한다.

※ 다 익은 돼지고기를 토치로 조금 더 구워주면 제육볶음에 불 맛을 더할 수 있다.

편견을 버리니
새 맛에 빠졌다

곱창

맛의 데뷔는 우연하게 다가온다,
이전에는 그렇게 싫었지만 이후에는 이렇게 좋을 수도 있다

나의 첫 곱창 데뷔는 일본에서였다. 유학 초창기 어학원을 다니며 생활비를
벌어야 했던 나는 한국인 대상의 잡지사에 편집디자이너로 아르바이트를
했다. 마감 전의 야근과 마감 후의 회식은 한국에서의 직장생활과 다를
바가 없었고 회식의 메뉴마저 한식이 대부분이었다. 회사 구성원의 80％가
교포와 이민자였던 이유도 있고 회사의 위치가 코리아타운에 있었기
때문이기도 했다.

그중에서도 자주 찾던 곳은 야키니쿠 전문점이었다.

과거 일본의 한 방송에서 야키니쿠는 한국 문화가 아닌 패전 후 일본이
낳은 음식 문화라는 낭설을 내놓기도 했지만 현지에서 느낀 바로는
야키니쿠가 한국 요리가 아니라고 부정하는 사람은 거의 없었다. 재일
한국인들에 의해 문화가 형성되고 발전하면서 조금씩 변형된 탓일까?
당시에도 그렇고 지금도 야키니쿠 전문점에서 음식을 먹고 나오면 제대로
한식을 먹은 기분이 들지는 않는다.

물론 그런 것을 인지조차 하지 못했던 유학 초창기에 회식 자리를 통해
호르몬 야키라 불리는 곱창을 처음으로 접하게 되었다. 어떤 부위를
먹었는지 기억조차 나지 않지만 씹는 순간 느껴졌던 물컹거림은 아직도
생생하다.
삼켜야 하는 타이밍을 찾을 수 없어 한참을 씹다가 결국 뱉어버리며 평생
곱창 먹을 일은 없겠다 생각했다. 강렬했던 곱창 데뷔와 한 방송을 통해
제기되었던 위생 문제 등은 곱창에 대한 편견의 담을 더욱 높게 쌓았고
외국인 친구의 부탁이 아니었으면 평생 굳건한 상태로 유지되었을지도
모르겠다.

모처럼 한국을 방문하는 친구의 부탁을 거절할 수 없어서 큰마음 먹고
강남의 유명한 곱창집을 찾았다. 일본에서의 첫 곱창 데뷔 이후 8년 만에
대면하는 곱창이었다. 숯불 위에 맛있는 소리를 내며 노릇하게 구워지는
곱창을 보고 있자니 어쩌면 맛이 있을 것도 같았다.
힘들게 곱창집 문턱을 넘었으니 편견도 무너지길 바라며, 땡땡하게 부풀어
오른 곱창 한 점을 입에 넣고 조심스럽게 씹었다.

입안으로 고소함이 퍼지고 걱정과는 다르게 쫄깃한 식감이 느껴졌다.
하지만 이내 느끼함이 치고 올라와 몇 점 집어먹지 못하고 젓가락을
내려놓고 말았다. 확실히 일본에서 먹었던 곱창보다 먹기 편하고 맛도
달랐지만, 먹기 전부터 갖고 있던 편견은 곱창의 맛을 온전히 음미하지
못하도록 머릿속에서 계속 불편한 감정을 끄집어냈다.

그렇게 나의 두 번째 곱창은 편견의 담에 작은 금을 만들며 끝이 났다.

포기하지 않고 끈질기게 곱창을 찬양하던 친구의 손에 이끌려 시끌벅적한
마포의 먹자골목에 있는 곱창집에서 나의 편견은 깨졌다. 그 후 곱창의
매력에 빠져 지금까지 허덕이고 있다.

주문하고 15분 정도를 기다리면 의문의 흰 가루를 뒤집어쓴 채 노릇하게
구워진 곱창이 부추를 가득 품고 나타난다. 익숙하게 집게를 집어든 친구의
손놀림에 수북이 쌓인 부추의 중앙이 파헤쳐지고 곱창을 굽는 과정에서
빠져나온 기름이 모습을 드러낸다. 콩나물과 함께 나온 대파김치를 넣어
가볍게 익히면 반찬으로 먹기엔 강한 산미가 감칫맛이 도는 대파김치로
업그레이드된다.

대파 김치와 부추의 훌륭한 어시스트를 받은 곱창을 먹다 보면 당일 도축한
곱창 본연의 맛을 느끼고 싶어진다.

청양고추가 들어간 매콤달콤한 특제소스를 살짝 찍어 대창을 먹으면
쫄깃쫄깃한 식감과 함께 크리미한 곱이 입안 가득 퍼진다. 의문의 흰 가루는
마늘가루로 감칠맛을 더하고 느끼함을 잡아준다. 더불어 이곳의 볶음밥은
크레이프를 연상시킨다.

이렇게 맛있는 음식을 하마터면 평생 안 먹을 뻔했다니……. '세 번은
만나보고 결정하라'는 소개팅의 조언처럼 이때부터 음식도 세 번은
먹어봐야 한다는 룰이 생겼다.

**편견이란 것은 익숙하지 않아서 느껴지는 거부감일 수도
있고, 무의식중에 받아들인 고정된 이미지로부터 형성될
수도 있으니깐.**

그리고 새로운 음식을 먹을 때는 나처럼 아무 데서나 먹지 말아야 한다.
한번 생긴 편견에서 벗어나는 것은 생각처럼 쉽지 않기 때문이다.

20대의 열정이 떠오르면
아리게 매운맛이 생각난다

낙지볶음

나의 20대를 생각하면 슬쩍 코웃음이 나온다.
당신의 20대는 어떠셨습니까?

나의 20대는 무언가를 하기 위해, 무언가를 찾기 위해 허둥지둥
돌아다니기만 했던 것 같다. 물론 엄청난 열정을 가지고 있었다.
그랬으니 이리 부딪치고 저리 부딪치지 않았을까.

**열정이 없었다면 무언가와
누군가와 부딪칠 일도 없었을 것이다.**

그때를 생각하면 기억 언저리에 명동이 생각난다.

명동 이미지는 내 20대의 화려함과 초라함이 동시에 크고 작은 배경이 되어 존재하고 있다. 젊었고, 또 젊었다. 돌멩이는 씹어 먹지 않았지만 씹으라면 씹는 시늉이라도 할 정도로 호기는 있었다.

그때의 호기가 생각나면, 혹은 내 안의 열정이 너무 무뎌지고 있다고 느껴지면 명동의 그곳을 찾아간다.

서울의 어느 곳보다도 빠르게 유행을 감지하고 받아들이며 하루에도 수십 곳의 상점이 문을 닫고 생겨나는 변화의 중심인 명동에서 70년에 가까운 긴 세월, 한자리에서 영업을 하고 있는 곳이기도 하다. 60~70년대 무교동에서 형성되었던 낙지골목의 낙지볶음보다 10년은 앞선 출발이다. 1950년 무렵 창업주 할머니에 의해 개업한 이곳은 2대 할머니가 지켜낸 세월만도 50년이다. 아마 창업주 할머니가 살아계셨다면 100살은 넘었을 것이다.

2대 할머니가 주방에 서 계시는 모습을 보고 있노라면 낯설어져가는 명동의 모습은 잠시 잊힌다. 포장마차를 연상케 하던 가게 안의 분위기는 깔끔한 여느 식당의 모습으로 변했지만 시대를 앞서갔던 오픈 주방의 모습은 그대로여서 50년 내공을 두 눈으로 확인할 수 있다.
주변 상권의 변화로 작은 골목 끝에 위치했던 가게의 입구는 덩그러니 홀로 남겨진 섬처럼 애매한 위치에 놓이게 되었지만 세계적인 브랜드 틈에서 밀려나지 않고 한자리 차지하고 있는 것만으로도 박수를 쳐주고 싶다.

반면 이런 독특한 위치 덕에 바둑판처럼 명동 골목들 사이 좁은 가게
입구를 들어서는 것은 해리 포터가 호그와트행 기차를 타기 위해 플랫폼에
들어서는 것 같은 과거로의 회귀를 위한 첫 관문을 통과하는 과정처럼
느껴진다. 길고 좁은 통로를 통과하며 보게 되는 낙서와 몇 번을 덧칠했을
떨어진 페인트 자국은 그래서 지저분한 것이 아닌 아련한 것이다.
열차의 문을 열듯 가게의 문을 열고 들어서면 시끌벅적한 분위기 속에서
오픈 주방 한가운데 자리를 잡고 휴식을 취하고 있는 할머니의 모습이
보인다.

언제부터인지 '매운맛', '보통 맛', '안 매운맛'으로 매운 단계를 선택할
수 있게 되었지만 이곳에 온 이상 매운맛을 먹어야 한다. 주문과 동시에
휴식을 취하던 할머니의 손놀림이 빠르지만 정확하게 움직이고 이내
맛깔스러운 낙지볶음이 소복하게 담겨 나온다. 텁텁함이 전혀 없는
개운하게 매운맛이다.
매운맛이 슬슬 올라온다 싶으면 대접을 받아 낙지볶음을 붓고 밥과
콩나물을 넣어 비벼 먹어도 좋다. 콩나물의 고소하고 아삭한 식감이 낙지의
탱탱하고 매콤한 맛과 어우러져 풍성한 맛의 향연이 입안에서 펼쳐진다.

오늘의 맛집이 내일의 맛집이 되지 못하는 경우가 많다. 사람 입맛의 변천도
문제지만 맛집으로 인기를 얻다 권리금만 받고 파는 경우도 있다.
그 맛을 잊지 않고 오랜만에 찾았다가 기억 속 이미지에 생채기가 나면
다시 찾는 게 망설여지기도 한다. 지금껏 지켜온 신념과 손맛으로
오랜 세월 다양한 세대로부터 사랑받는 곳이 있다는 건 소소한 행복일 수
있다.

하지만 아쉬운 소식은 68년 전통을 가진 이곳이 문을 닫았다는 것이다.
어떤 연유로 문을 닫았는지는 잘 모르지만 가슴 한구석이 쓸려 나간 듯한
느낌이 든다. 그럼에도 이 책을 통해 이곳을 언급하는 것은 그 음식의 맛을
기억하는 사람들을 위해서다.

**그곳의 문을 두드리고, 만족하고, 잘 먹었다는 인사를 나누고
나왔던 그곳, 이것만으로도 슬며시 웃음이 배어나왔다.**

집에서 낙지볶음 맛있게 요리하기

지쳐 쓰러진 소에게 두세 마리만 먹여도 벌떡 일어난다는 낙지. 여기서 제안하는 것은 명동할매낙지의 오픈 주방을 통해 할머니의 솜씨를 유심히 지켜본 후 만들어본 레시피다. 할머니의 50년 내공에 비할 수 없는 맛이겠지만 개운한 매운맛을 재현하는 데는 성공했다.

재료(2인분)

낙지 6마리, 양파 1개, 양배추 1/4통, 다시마 육수 1컵, 밀가루 약간, 통깨 약간

양념 : 청양 고춧가루 3큰술, 일반 고춧가루 2큰술, 마른 고추 4개, 진간장 5큰술, 설탕 1큰술, 매실청 2큰술, 맛술 2큰술, 마늘 2큰술, 소금과 후추 약간

만들기

1 낙지는 내장과 눈을 제거하고 볼에 담아 밀가루를 넣고 손으로 바락바락 문지른다. 깨끗하게 씻어 4cm 길이로 자른다.

2 믹서에 양념 재료를 모두 넣고 곱게 간다. 만들어진 양념장을 냉장고에 하루 동안 숙성시킨다.

3 팬에 다시마 육수를 넣고 끓어오르면 낙지를 넣어 살짝 데친다.

4 3에 얇게 썬 양파와 양념장을 넣고 볶는다.

5 접시에 얇게 썬 양배추를 깔고 낙지볶음을 올린 후 통깨를 뿌린다.

기대와 후회가 뒤섞이는 것도
삶의 재미

닭갈비

기필코 해야지만 직성이 풀리는 무언가가 있다,
후회는 나중에 생각하자

엄마가 비상시에 쓰라고 사줬던 금반지를 팔아 닭갈비를 사먹었다고,
누군가가 말했다. 지금 생각하면 왜 그리 철없는 짓을 했을까, 후회한다고
하지만 그 후회 속에 당시의 철없던 행동을 해야만 했던 굳은 결단도
포함되어 있을 것이다. 당시엔 넷째손가락에 끼어 있던 금반지를
팔아서라도 기필코 닭갈비를 먹어야겠다는 굳은 결단, 누구에게는
이해하기 어려운 일이지만 누구에겐 기필코 해야만 직성이 풀리는
일이이기도 하다.
세상사가 하나하나 다른 울림으로 전해지니 그런 추억 또한 있는 것도
나쁘지 않을 것이다.

한때 닭갈비는 그런 존재였다. 바로 몇 해전까진 한풀 꺾인 닭갈비의 인기가
외국인의 호응에 의해 다시 불이 붙긴 했지만 여전히 닭갈비를 먹으러
가기엔 왠지 주저하게 된 이유가 있다. 아무리 생각해봐도 전국 어디에서나
인상적인 닭갈비를 먹을 수 없었기 때문이다.
내가 운이 없었던 것인지 발품이 모자랐던 것인지 모르지만 닭갈비에 대한
기대감이 점점 줄어들어 닭갈비집 문턱을 쉽게 넘어서지 못하게 되었다.
용산에 스튜디오가 있었던 당시 지인으로부터 근처에 맛있는 닭갈비집이
있다는 얘기를 숱하게 들었지만 한 귀로 듣고 흘려버렸던 것도 그 이유다.
그러던 어느 날, 동기 모임에 어떤 장소가 좋을까 싶어 각자의 취향과

입맛을 헤아리던 중 예전에 한 귀로 듣고 흘려보냈던 그 닭갈비집이 생각났다. 닭갈비를 선택하며 하나같이 했던 말은 "오랜만에"라는 말이었다. 나뿐만이 아니라 다른 사람도 주저하게 만든 무언가가 있었던 모양이다.

신용산역에 내리면 뜻밖의 운치를 만날 수 있다. "땡땡땡" 열차 소리에 작은 초소에서 나오는 역무원 아저씨의 제복 입은 모습. 기찻길 너머 아파트 숲 사이로 낮게 드리워진 붉은 노을. 왠지 춘천에 와 있는 듯한 느낌이 들었다.

그런 곳에 기와지붕이 인상적인 단층 건물에서 닭갈비 향이 솔솔 풍겨
나왔다.

냉면에는 비빔과 물이 있듯 닭갈비에는 철판과 숯불이 있다.
대부분 철판의 매콤달콤한 양념을 섞은 닭갈비가 생각나겠지만 사실
시작은 숯불이었다. 닭의 넓적다리를 양념에 재운 뒤 석쇠 위에 올려 숯불에
구워 먹는 숯불닭갈비는 담백하게 닭의 본연의 맛을 느낄 수 있다.
하지만 푸짐함을 내세운 철판닭갈비에 전성기를 내줘야 했다.
특히 양념에 밥까지 볶아 먹을 수 있어 한 끼 식사로 그만이었다. 그러다
불닭으로 인기가 옮겨갔는데 일본에 사는 나에게까지 영향을 미쳤다.
도쿄의 한인 밀집 지역인 신오쿠보는 물론 땅값 비싼 신주쿠와 시부야까지
곳곳에 가게가 생겨났으니 나름 한국 음식에 대한 자긍심으로 뿌듯하기도
했다. 지금은 치즈닭갈비가 대세란다. 그렇다면 닭갈비의 원조인
숯불닭갈비도 전성기를 찾을 수 있지 않을까. 유행이 돌고 돌아 결국 다시
제자리로 돌아오는 것처럼.

철판닭갈비의 모습은 어딜 가나 비슷하지만 이곳의 먹는 방법은 조금
독특하다. 철판 중심에 신선한 닭다리 살이 한입 크기로 잘려 있고, 큼직하게
썬 양배추와 깻잎, 고구마가 닭다리 살 주변을 풍성하게 에워싸고 떡볶이
떡이 듬성듬성 존재감을 드러내고, 그 위에 특제 양념장이 올려져 있다.

연신 나무주걱을 휘졌다가 이야기에 빠져 주걱이 멈추기라도 하면 어느새
종업원이 나타나 몇 번 저어주고 사라졌다 다시 나타나기를 반복. 15분 후
맛깔나게 익은 닭다리 살을 후후 불어가며 입안에 넣으면 매콤한 맛이 살짝
감돌면서 바로 다른 닭다리 살을 찾는 내 젓가락질을 찾게 된다.
춘천에서 직접 공수한다는 생닭의 닭다리 살은 씹을수록 고소한 맛이 나고,
식감은 야들야들 부드럽다. 적당한 단맛과 과하지 않은 양념 덕에
닭다리 살 본연의 담백한 맛이 드러나고, 은은하게 올라오는 카레 향은
풍미와 개성을 플러스한다.

오랜만에 찾은 닭갈비집에서, 오랜만에 맛보는 더도 말고 덜도 말고
딱 이 맛의 닭갈비를 즐겼더니 어느새 깨끗하게 비워진 커다란 철판을
만족스럽게 바라보는 인자한 웃음이 슬며시 나왔다.

**사는 게 뭐 별건가, 이렇게 저렇게 서로 휘젓다가 어우러지면
또 다른 이상의 맛을 풍길 수 있을 것이다.**

━━━ 집에서 철판닭갈비 맛있게 요리하기 ━━━

철판과 숯불 위에서 지글지글 구워 먹는 닭갈비는 아니지만 이번 주말엔 온 가족이 푸짐하게 즐길 수 있는 닭갈비를 준비해보는 건 어떨까? 식사와 안주를 동시에 해결해주는 닭갈비에 사용하는 부위는 쫄깃한 닭다리 살이 좋다. 매콤달콤한 양념에 카레가루를 넣으면 풍미와 개성을 입은 닭갈비를 즐길 수 있다. 남은 양념에 밥과 김가루를 넣고 볶아 먹어도 굿!

재료(2인분)

닭다리 살 600g, 양배추 200g, 깻잎 20장, 고구마 1개, 양파 1개, 떡볶이 떡 200g, 대파 1대, 청양고추 1개, 통깨 약간, 식용유 적당량

양념 : 간장 4큰술, 고춧가루 3큰술, 고추장 2큰술, 양파즙 2큰술, 설탕 1큰술, 올리고당 2큰술, 다진 마늘 1큰술, 청주 1큰술, 후춧가루 약간

만들기

1 닭다리 살을 한입 크기로 자르고 포크로 구멍을 낸다. 모든 채소는 굵게 썬다.

2 볼에 양념 재료를 넣고 섞는다. 양념의 절반을 닭다리 살에 골고루 버무린 다음 냉장고에 30분 이상 재운다.

3 팬에 식용유를 두르고 재워둔 닭다리 살을 넣어 3분간 볶은 뒤 모든 채소와 고구마, 떡, 양념을 넣고 볶는다.

4 고구마가 익으면 깻잎, 대파, 청양고추를 넣고 1분간 볶는다. 통깨를 뿌려 완성한다.

세상 어디에도 없는
구워 먹는

보쌈

김치만 있다면
삶아 먹는 것도, 구워 먹는 것도 다 보쌈이다

담그는 배추 포기 수는 현저히 줄었지만 김장은 여전히 가족의 겨울맞이
행사 중 가장 크고 중요한 일이다. 그리고 힘든 노동 끝에 보상처럼 맛볼 수
있는 보쌈은 말로는 표현 불가능할 만큼 지금도 맛있게 느껴진다. 갓 삶은
돼지고기를 얇게 썰어, 김장김치로 만든 겉절이를 싸서 먹는 것. 김장 후의
뒤풀이처럼 먹는 이것이 우리가 생각하는 보쌈의 비주얼이다.

그런데 보쌈이라 불리지만 보쌈 같지 않은 비주얼과 맛으로 오랜 시간
사랑받고 있는 특별한 보쌈집이 있다. 1972년 개업한 이래 개발이 안 된
연신내 골목에서 2대째 영업을 이어가고 있는 집이다.

연신내역 4번 출구로 나오면 종로의 피맛골을 떠올리게 하는 골목이
나오는데, 그 골목을 지나 큰길로 접어들면 동네 대폿집 같은 분위기의
노포가 보인다. 세월을 말해주는 벽면에는 1대 사장님이 생활 속에서 느낀
생각을 붓글씨로 한지에 적었다는 글귀가 병풍처럼 줄줄이 붙어 있다.

누렇게 변색된 종이 위의 글귀는 묘하게도 눈길이 가서 읽게 되는데 그
재미가 쏠쏠하다.

이곳의 기본 찬은 김치와 마늘, 쌈채소, 소스가 전부다. 그 이상, 그 이하도
없다. 그리고 이곳의 김치는 보편적인 보쌈집 겉절이 형태의 김치와는
다르게 익은 김치다. 그냥 먹어도 맛있는 김치를 마늘과 고기와 구워 먹으니
얼마나 맛있겠는가.
초고추장처럼 보이는 특제 소스는 예쁜 도자기 종지에 담겨 나오는데
초고추장의 시큼 달콤한 맛이라기보다는 달지 않은 묽은 고추장 맛에
가깝다고 할 수 있다. 소스만 맛보면 특별한 매력이 느껴지지 않지만
담백한 돼지보쌈과 달큼한 대파를 찍어 먹으면 의외로 잘 어울리는 맛에
놀라게 된다. 쌈채소로는 상추, 치커리, 쪽파가 나오는데 생쪽파가 나오는
점이 목노집만의 특이한 점이다.

가게를 들어서면 철판을 수북하게 쌓아놓은 테이블이 눈에 띄는데,
철판의 구조가 독특하다. 두꺼운 무쇠팬 위에 알루미늄 호일을 깔고 높이
10cm 정도의 철판을 두른 형태인데 무쇠팬은 열전도율이 탁월한데다가
오랫동안 열기를 간직할 수 있어 이곳의 돼지보쌈 요리에 제격이다.

주문이 들어오면 이 철판을 불에 올려 양념에 재워놓은 돼지고기를 넣고
구워 주는데, 바로 먹을 수 있도록 익혀서 내주기 때문에 10~15분 정도의
시간이 소요된다.

**기다림의 시간이 끝나면 보쌈이라는 생각이 전혀 들지 않는
돼지보쌈이 완성된다.**

대파로 뒤덮인 철판은 흡사 대파 찜처럼 보이기도 하지만 대파를 살짝만
걷어내면 윤기 있는 돼지고기가 드러난다. 한입 크기로 자른 돼지고기는
잡내가 1도 안 날뿐더러 기름이 적은 부위를 사용하면서도 전혀 뻑뻑하지
않다. 오히려 촉촉할 정도로 부드럽다. 파와 함께 구워지면 향긋한 파 향이
돼지고기에 배어들어 고기의 맛이 더욱 특별해진다.

마무리는 언제나 볶음밥인데 이곳은 돼지보쌈에서 나온 고깃기름과 파
기름에 볶아 고기의 잔향과 파 향이 은은하게 감돌고, 감칠맛이 난다.
약한 불에 올려놓은 상태로 볶음밥을 먹다 보면 사장님이 오셔서 눌러붙은
밥을 스크래퍼로 긁어준다. 그러면 순식간에 누룽지가 모습을 드러내는데,
오도독 씹히는 식감과 함께 고소함이 입안에 퍼진다.

연신 보쌈을 먹노라면 그 움직임 속 한 순간 내가 정말 김치를
사랑하는구나, 하는 생각이 들 때가 있다. 김치 하나만으로 모든 것을
아우를 수 있는 보쌈은 당연하게도 다시금 찾게 만드는 음식이 아니지
않을까 한다.
김치와 고기의 합은 진리인 것처럼.

사람의 끓는점,
라면의 끓는점

부대찌개

끓는점, 액체의 표면과 내부에서 기포가 발생하면서
끓기 시작하는 온도를 말한다. 사람에게 끓는점은 몇 도일까?

사람은 몇 도에서 끓어야 적당한 맛이 우러나올까? 적당한 맛이
우러나오면 세상의 모든 것들을 둥글게 아우르면서 살 수 있는 걸까?
적당한 맛이 우러나오는 사람의 끓는점을 찾고 싶지만 여전히 나는
모른다. 살면서도, 계속 살면서도, 아직 적당한 맛을 모른다. 언제쯤 그것이
가능할까,라는 생각이 들 때쯤 혼돈이 몰려온다. 적당하게 누군가와 버무려
살다 보면 그런 날이 올까? 아예 생각하지 말까? 무한정으로 빠져드는
혼돈을 내치려는 기대에 찾게 되는 음식이 있다. 부대찌개.

특히 때 이른 추위가 몰려오면 뜨끈하고 칼칼한 국물과 풍부한 건더기로
직장인들의 든든한 점심 한 끼가 되기도 하고, 헛헛한 마음을 달래주는
술안주가 되기도 한다. 찌개라는 형태로 한국 요리의 정체성을 가지게 된
부대찌개지만 여러 나라의 식재료가 융합된 만큼 소주, 막걸리, 맥주 어느
것과도 궁합이 잘 맞는다. 미군부대에서 몰래 공수한 미제 소시지와 햄이
주는 느끼한 맛을 김치와 고춧가루로 가라앉히고, 탱탱할 정도로 불어터진
라면과 당면을 건져 먹으면 일본의 국민요리인 스키야키를 배불리 먹은
듯 만족감이 몰려온다. 물론 먹으면서도 이것이 한식인지, 한식이 아닌지
헷갈릴 때가 많지만 한식은 한식이다. 때론 소주의 안주로 헛헛한 마음을
달랠 수 있으니 한식은 한식일 것이다. 가끔 한식의 영역 범위를 소주와 잘
맞는지로 좁혀보면 어떨까 싶은데 그건 온전히 나만의 생각이다.

잊을 만하면 문득 생각나서 찾게 되는 부대찌개지만 주변을 둘러보면
프랜차이즈가 대부분으로, 부대찌개 하나로 오래도록 '맛집'이라 불리는
곳은 그리 많지 않다. 그중 오랫동안 지역 주민에게 사랑을 받고 있는
가게가 있다.

미군부대에서 요리를 배우신 사장님의 부대찌개는 소시지와 햄이 듬뿍
들어가고 사골 육수를 사용한다. 굳이 따지자면 송탄식 부대찌개에
가깝다고 할 수 있다. 주문이 들어가면 그때부터 냄비에 재료를 담기
때문에 다른 곳보다 시간이 좀 걸리지만 예쁘게 담긴 모양새 덕에 갖은
신선한 재료가 한눈에 들어온다. 무엇보다 김치의 맛과 양이 과하지 않아
소시지, 햄과 잘 어우러진다.

나는 개인적으로 부대찌개인지 김치찌개인지 그 경계가 모호한 것은
선호하지 않는데 이곳의 부대찌개는 김치찌개와는 명확한 선을 긋고 있다.
이곳의 국물은 칼칼한 양념장과 구수한 사골 육수가 어우러져 살짝
매콤하면서도 담백한 맛이 난다.

많은 사람들이 부대찌개를 막 끓이기 시작할 때 라면을 넣고 끓이는데
이러면 부대찌개의 국물이 탁해지고 라면은 쉽게 불게 된다. 이럴 때는 우선
사리를 넣지 말고 부대찌개의 본연의 맛을 즐기다가 3분의 2 정도를 먹었을
때 육수를 리필해 그 국물에 라면을 끓이면 꼬들꼬들하면서도 간이 잘 밴
면을 후식처럼 즐길 수 있다.

이 가게를 리뉴얼하기 전 벽에 '부대찌개를 맛있게 먹는 법'이라는
팸플릿을 붙여 있었다. 어렴풋하게 기억해보자면 고슬고슬한 밥을
앞접시에 조금 옮겨 놓고 찌개 국물을 세 국자 담아 말아 먹는 방법이
있었다. 그렇게 먹으면 진하고 구수한 국물에 촉촉이 젖어든 밥이 잘
어우러져 천국의 맛이 따로 없다. 이곳에서 무한으로 리필해주는 사골
육수 덕에 짜지 않은 맛있는 국물을 끝까지 즐길 수 있는 것도 이곳을 찾는
이유다.

다만 계속 사리와 술을 추가하게 된다는 것이 함정이라면 함정이다. 혼자서
먹기가 좀 애매해 혼밥을 할 수 없다는 것이 아쉽지만 그 핑계로 친구를
불러내 든든한 한 끼와 술 한 잔을 기울일 수 있는 곳이다. 작디작은 행복이
슬며시 올라온다고 할까? 이곳에 가면 친구와 정담어린 수다를 떨 수 있다.

집에서 부대찌개 맛있게 요리하기

모든 재료와 육수를 냄비 안에 넣고 끓여내기만 하면 완성되는 부대찌개는 만드는 방법이 매우 간단하다. 그러면서도 풍족한 마음이 들게 하는 매우 마술 같은 요긴한 요리다. 최근 캠핑족이 늘어나면서 캠핑 요리로도 각광받고 있는데 부대찌개에 들어가는 푸짐하고 다양한 재료는 반찬의 아쉬움을 덜기에 충분해서 특별한 반찬 없이도 맛있게 한 끼를 해결할 수 있다. 그리고 마지막으로 쑥갓을 올리면 더욱 향긋해진다.

재료(2인분)

소시지 3~4개(종류별로), 통조림 햄 1/2개, 다진 돼지고기 100g, 베이크드 빈 2큰술, 떡국 떡 약간, 콩나물 한 줌, 김치 100g, 두부 1/4모, 대파 1대, 양파 1/2개, 라면 1/2개, 육수 4~5컵, 소금과 후추 약간

양념 : 고추장 1.5큰술, 고춧가루 1.5큰술, 다진마늘 1큰술, 간장 1큰술, 미림 3큰술

만들기

1 양념장 재료를 볼에 넣고 골고루 잘 섞는다.

2 소시지와 대파, 양파는 0.5~0.8cm 두께로 어슷하게 썰고, 햄과 두부는 0.8~1cm 두께로 모양을 살려 썬다. 김치는 가볍게 속을 털어내고 3cm 길이로 썰어놓는다.

3 다진 돼지고기는 소금과 후추로 간을 한 후 작은 완자로 가볍게 빚는다.

4 깊지 않은 냄비에 양파를 깔고 콩나물과 라면을 제외한 재료를 반으로 나누어 보기 좋게 둘러 담는다. 베이크드 빈과 양념장을 올린다.

5 재료가 잠길 정도로 육수를 넣고 뚜껑을 덮어 강불로 끓인다.

6 한소끔 끓어오르면 뚜껑을 열고 콩나물을 넣고 재료와 골고루 섞은 뒤 약불에 뭉근하게 끓여가며 먹는다.

7 부대찌개를 3분의 2 정도 먹으면 육수를 리필한 뒤 끓어오르면 라면을 넣고 3분 후 건져 먹는다. 취향에 따라 밥을 볶아 먹어도 맛있다.

기다려도
다시 기다리고 싶었던 순간

닭꼬치

지금의 행복은
기다림에 지치지 않았기 때문이다

난 시각디자인을 전공했다. 지금은 푸드스타일리스트로 활동하고 있지만
그 전엔 영화 관련 디자인을 하고 싶었다. 그래서 「월간 디자인」보다
「PREMIERE」나 「KINO」 같은 영화잡지를 즐겨 읽었고, 조조 영화는 목숨
걸고 봤고, 영화 팸플릿을 수집하는 데 열성을 다했다. 하지만 대학교 4학년
때 푸드스타일리스트에 관한 다큐멘터리를 보고 푸드스타일링 쪽으로
가고자 마음을 먹게 되었다.
기대와는 다른 커리큘럼에 푸드스타일링 전문 아카데미를 선택하게
되었다. 그로 인해 일본에 푸드 스타일링 학과가 있다는 정보를 접하고
일본으로 갔지만 비자에서 문제가 생겨 그곳에서 취업을 해야 했다.

당시 일본은 웹디자이너에 대한 수요가 늘어나고 있던 상황이라서 어렵지
않게 직장을 잡을 수 있었지만 내가 생각했던 일과는 너무 달랐다. 고민한
결과 일주일 만에 그곳을 그만두고 다시 취업을 한 곳은 한류 콘텐츠를
전문으로 다루는 엔터테인먼트 회사였다. 일본인과 한국인의 비율이 반반
정도인 사원 구성도 좋았지만 관심이 있던 영화와 드라마를 콘텐츠로 다룰
수 있다는 점이 마음에 들었다.

게다가 배우와 감독들의 매니지먼트를 서포트하며 실시간으로 일본 내
불고 있는 한류 붐을 실감할 수 있다는 것이 흥미로웠다. 지금 생각해도
운이 좋았던 것은 「겨울연가」를 시작으로 일어난 한류 붐을 이끈 한
일원으로 그곳에 있었다는 점이다. 특히 내가 좋아한 영화 「번지점프를
하다」를 회사에서 수입해 일본어판 공식 홈페이지를 만들기 위해 작업했던
과정은 지금 생각해도 행복한 경험이다.

하지만 뭔가가 불안했다. 내가 일본에 간 것은 푸드스타일링을 공부하기
위함인데 왠지 취미로만 멈춰 있는 것만 같았다.
두 마리의 토끼를 잡다가 둘 다 놓칠 수 있다는 생각에 일본 생활을
정리하고 한국으로 돌아왔다. 푸드스타일링을 제대로 하기 위해선 요리와
사진 촬영이 가능한 스튜디오가 필요해서 백방으로 알아보러 다녔지만
생각보다 자금이 많이 들었다. 더불어 스튜디오를 차린다고 해서 한국에
기반이 없는 나에게 일이 많이 들어올 거란 확신도 없었다.

몇 년 동안 돌고 도는 과정을 거친 뒤에 난 스튜디오를 가졌고, 지금 푸드스타일리스트로 활동하고 있다.

남들은 쉽게 가는 길을 나는 왜 이렇게 힘들게 돌고 돌아온 것일까 하는 생각도 들지만 나에겐 경험이라는 묵직한 결과물이 쌓여 있다.

그 경험은 지금도 적재적소에 쓰인다. 일례로 일본 드라마 넷플릭스 오리지널 시리즈 「심야식당 - 도쿄 스토리」와 일본 영화 「고양이와 할아버지」에 참여했다. 영화 디자인을 하고 싶었던 나의 과거와 푸드스타일링을 하고 있는 나의 현재가 새로운 영역에 만나 다시금 새로운 경험을 한 것에 난 만족한다.

요리 촬영이나 강의를 하면 푸드스타일리스트를 꿈꾸는 사람들을 자주 만나게 된다. 진로 선택 기로에 선 고등학교 3학년생부터 요리를 전공하고 있는 대학생, 20대의 회사원, 30대의 전문직 여성 등 하나같이 초롱초롱한 눈빛과 의욕 넘치는 모습으로 나의 손끝에 온 신경을 집중한다. 그런 모습은 흡사 나의 과거를 보는 것 같아서 달콤한 꿈보단 현실적인 조언을 해주려고 노력한다.

디자이너로 안정적인 생활을 하던 내가 회사를 그만두고 기존 연봉의 반도 안 되는 월급을 받아야 하는 회사로 옮긴다고 했을 때 주변에선 우려를 보냈다. 하지만 내가 푸드스타일리스트가 되기 위해 노력해온 과정을 아는 사람들은 잘할 수 있을 거라며 격려를 아끼지 않았다.

우려와 응원으로 시작한 회사 생활은 그전까지의 업무 스타일과 많이
달라 힘들었고, 제대로 된 푸드스타일링 업무가 바로 주어지지 않았기
때문에 조급한 마음이 커져갔다. 다행히 좋은 사수를 만나 실질적인
푸드스타일링에 대해 차근차근 익히면서 조급한 마음은 편안해졌고,
잡지 촬영을 계기로 다양한 경험이 주어졌다.

처음으로 큰 프로젝트를 단독으로 맡게 되었을 때의 설렘은 지금도
생생하게 기억한다. 지금은 경력이 쌓여 어느 정도 이야기만 들어도
머릿속으로 푸드스타일링이 그려지고, 현장에서 일어나는 변수에도
유연하게 대응할 수 있는 여유가 생겼지만 당시는 그렇지 못했다.
눈으로 확인하지 않으면 확신이 서지 않아서 촬영 전날까지 촬영할 모든
컷의 소품을 세팅해보느라 밤늦게까지 홀로 작업실에서 소품을 맞춰보곤
했다. 그러면서도 웃음이 멈추지 않았다. 사수 또한 내 얼굴엔 미소가
떠나지 않는다고 말할 정도였다.

한동안 일에 미쳐서 살았던 것 같다. 클라이언트의 어떤 요구에도
"YES"라고 답하고 싶은 정도였으니. 그 요구가 YES가 되기 위해 폭우가
쏟아지는 날 양평까지 차를 몰아 사과 농장을 찾아가, 비를 쫄딱 맞으며
예쁜 사과를 골랐다. 그렇게 준비한 소품이 제 역할을 다할 때면 그간의
고생은 눈 녹듯이 사라지지만 한쪽 구석에서 빛도 못 보고 버려질 때면
속상하기 그지없었다.

그런 일들이 쌓이고 쌓이다 보니 사랑의 권태기처럼 일에서도 권태기가 찾아왔다. 보기만 해도 두근대고 설레던 일에 더 이상 설레지 않게 되었고, 그 일을 할 수 있는 것만으로도 너무 행복했던 일을 피하고 싶어졌다. 촬영장만 가면 반짝반짝 빛난다던 눈빛도 더 이상 빛나지 않는다는 걸 스스로 느끼는 순간, 다른 어떤 것보다 자신에 대한 실망감이 컸다.

좋아하던 디자인까지 그만두고 어렵게 선택한 길인데, 일주일을 3시간만 자면서도 신나서 하던 일인데 그 마음이 변할 수 있는 것인지 스스로가 이해가 되지 않았다. 권태기의 연인들이 잠시 이별을 선택하듯 나 또한 일과 잠시 멀어지기로 했다. 그래서 가게를 운영했고 그것에 내 모든 것을 쏟아부었다. 가게는 생각보다 잘되었지만 푸드스타일링에 대한 갈증이 다시 솟구쳤다.

익숙함에 속아 소중한 것을 잃어버린 듯한 느낌.
그래서 나는 다시 제자리로 돌아와 촬영을 준비하고
두근거리는 현장을 뛰어다니고 있다.

촬영이 끝나면 현장에서 도와준 후배들과 가는 집이 있다.
안주와 술이 맛있는 곳. 서울역과 충정로역 사이에 위치한 호수집은 그 일대의 직장인들의 핫플레이스로 퇴근시간 후에 방문하면 길거리나 다름없는 가게 앞에 생뚱맞게 놓여 있는 의자에 앉아 차례를 기다려야 한다.

겨울이면 사장님이 난로와 무릎 담요를 준비해주니 달달 떨면서 기다리는
낭만을 받아들이게 된다. 다만 추위나 더위보다도 닭꼬치의 불 향 가득한
냄새 때문에 기다림이 괴로운 것이 복병이랄까.

이곳의 메인은 닭볶음탕이지만 손님들의 대부분은 닭꼬치를 먹기 위해
이곳을 찾는다. 매일 국내산 생닭으로 직접 만드는데 길거리에서 먹는
닭꼬치와는 다르게 꼬치마다 닭날개와 닭봉이 하나씩 꽂혀 있어 맛있다고
급하게 먹다가는 큰일을 당할 수도 있다. 연탄불에 담백하게 구워내 양념이
과하지 않아 좋고, 부드럽게 푹 익은 닭고기 살에 양념이 따로 놀지 않고 잘
배여 있다.

연탄불에 연신 꼬치를 굽는 모습을 바라보며 올라간 기대감을 만족시켜줄
만큼 진한 불 향과 은은한 양념의 조화는 묘하게 매력적이어서 앉은
자리에서 열 꼬치도 거뜬히 먹을 수 있을 정도이지만 그 인기만큼 제한
사항이 있다. 일단은 단품 주문 불가이고, 한 사람당 두 개씩밖에 주문할
수 없으며 낮에 오면 팔지 않는다. 기다림을 감수하면서라도 저녁 시간에
방문해야 할 이유다.

이곳의 닭볶음탕은 국물이 많다. 한 번 끓인 상태인 닭볶음탕에 깻잎과
버섯, 떡어 얹어 나오기 때문에 오랫동안 푹 끓일 필요는 없다. 떡이 익으면
불을 줄이고 말캉말캉한 떡과 포슬포슬한 감자를 먹어가며 국물을
졸이는데, 졸이면 졸일수록 농도가 진득해지고 맛이 진해진다.

다소 매워 보일 수 있지만 적당히 칼칼하다. 특히 깻잎 향이 촉촉이
젖어들면 나도 모르게 계속 국물을 떠먹게 된다. 간이 잘 밴 야들야들한
닭고기는 퍽퍽한 가슴살까지 부드럽게 느껴진다. 여기에 공깃밥을 시켜
국물과 함께 먹어도 좋고 나중에 볶아 먹어도 좋다. 특히 이곳의 파김치는
아삭함이 살아 있어 맛있다.

닭꼬치와 닭볶음탕을 먹으며 푸드스타일리스트 선배로서 해주고 싶은
이야기를 펼쳐 놓으면 후배들의 눈빛이 조금은 편안해진다. 기다림에 지친
내게 희망을 주는 사수가 있어서 기다림에 나가떨어지지 않았듯이 그들이
꿈을 향해 걷는 길에 작은 불빛을 비춰줄 수 있는 선배가 될 수 있다면
좋겠다고 생각한다. 이것이 지금 내가 쥐고 있는 행복을 조금이라도 나누는
방법이 아닐까.

집에서 닭볶음탕 맛있게 요리하기

양념에 푹 밴 부드러운 닭과 포슬포슬한 감자를 건져 먹는 재미가 있는 닭볶음탕을 만들어보자. 싱싱한 국산 닭은 1kg 내외가 표준이며 육질이 가장 부드럽다. 연한 분홍빛을 띠는 끈적거리지 않고 윤기가 흐르는 닭을 준비한다. 닭갈비 뼈 사이의 내장과 지방은 누린내의 원인이 되므로 깨끗이 제거한 후 사용해야 한다.

재료(3~4인분)

닭볶음탕용 닭 1마리, 감자 4개, 양파 1개, 당근 1/2개, 대파 2대, 청양고추 2개, 깻잎 10장, 물 1L, 소주 반컵

양념 : 고춧가루 3큰술, 고추장 1큰술, 간장 5큰술, 설탕 1큰술, 맛술 2큰술, 다진 마늘 2큰술, 다진 생강 1큰술, 후추 약간

만들기

1 냄비에 닭이 잠길 정도의 물과 소주를 붓고 닭을 넣어 5분 정도 삶은 후 닭을 건져낸 후 찬물에 깨끗이 씻어서 불순물을 제거한다.

2 볼에 양념 재료를 모두 넣어 섞고, 감자, 양파, 당근, 깻잎을 큼직하게 썬다. 대파, 청양고추는 어슷하게 썬다.

3 냄비에 데친 닭, 물, 양념 재료, 감자, 당근을 모두 넣고 강불로 끓인다.

4 끓어오르면 중불로 줄이고 양파를 넣어 뭉근히 끓인다.

5 감자가 어느 정도 익으면 대파, 청양고추, 깻잎을 넣고 한소끔 끓여 완성한다.

CHAPTER 2

LOVE

愛

사랑하고,
사랑했다

팥빙수를 먹기 전엔
팥빙수가 아니었다

팥빙수

종은 그것을 울리기 전에는
종이 아니다.
노래는 누가 그걸 부르기 전에는
노래가 아니다.
당신의 마음속에 있는 사랑도
한쪽으로 치워 놓아선 안 된다.
사랑을 주기 전에는
사랑이 아니니까

- 오스카 해머스타인, '사랑은'

나 또한 팥빙수는 내가 먹기 전에는 팥빙수가 아니었다고 말하고 싶지만
난 오스카 해머스타인이 아니니깐 그렇게 말하면 심한 궤변일 것이다.
다만 기꺼이 줬는데도 응답받지 못하는 것이라면 이 시는 부질없는 희망을
부채질하는 꼴이라고, 반박하고 싶지만 그건 나의 어깃장일 것이다.
그럼에도 사랑을 한켠으로 치워 놓지 말라고 하는 것은 위로가 된다.
사랑은 그런 것이니깐.

줘도 줘도 안 준 것 같고, 주지 않아도
주지 않아도 준 것 같은 오묘한 감정이니깐.

내가 여름을 좋아하는 이유 중 하나는 빙수를 먹을 수 있기 때문이다. 어릴
적 다세대 주택에 살았다. 1층은 떡볶이를 파는 분식집이었는데 여름이
되면 빙수기계를 내놓고 팥빙수를 팔았다. 그때는 에어컨도 없었는데
더위를 어떻게 이겼을까, 그저 선풍기를 하나 틀어놓고 맥없이 늘어져 있는
것이 다였다. 지금 같은 더위는 아니었을 거라고 위안 삼아 보지만 어쨌든
지금과 같은 쾌적한 환경은 아니었다. 그럴 때 빙수 한 그릇은 선풍기
바람과 샤워로는 식힐 수 없는 갈증을 해결해주었다.

스윽스윽 샤샤샥 소리와 함께 눈꽃처럼 하얀 얼음꽃이 그릇에 내려앉아
봉긋하게 쌓이면 재빠르게 팥, 연유, 과일 시럽, 미숫가루, 젤리, 떡 등이
올려진다. 형형색색의 팥빙수를 스삭스삭 섞어 한입 떠서 먹으면 금세
얼음이 녹아내리며 입안의 공기가 차가워진다.

얼어버린 감각을 깨려는 듯 강력한 달콤함과 그 달콤함을
받쳐주는 은은한 고소함에 매료되어 한입 두 입 먹다 보면
입안에서 코로 코에서 온몸으로 시원함이 퍼져나가다 결국,
머리까지 띵해지곤 했다.

허공에 맴도는 선풍기가 전부였던 가게에 앉아 게눈 감추듯 먹어치우던
빙수는 그 비주얼만큼이나 맛도 다채롭고 강렬했다. 빙수를 먹어야 여름을
나고 있다는 기분이 드는 것도 무시할 수 없는 감정의 흐름이다.

이젠 여름을 기다리지 않아도 팥빙수는 사계절 먹을 수 있게 되었다.
이한치한이라고 할까? 얼어죽어도 아이스커피를 고집하는 마음으로
겨울에도 팥빙수를 찾게 된다. 빙수 종류도 다양해졌다. 미숫가루를 넣는
게 너무 촌스러워 보일 정도다. 선택권이 넓어지고 세분화되는 과정을 몸소
체험하고 즐기면서도 결국 다시 찾게 되는 빙수는 소박하면서도 단순한
비주얼의 깊이 있는 맛을 느낄 수 있는 팥빙수다.

시끌벅적 현란한 강남의 메인 도로에서 몇 분 걷다 보면 언제 그랬냐는 듯
학교와 아파트가 나타나고 그 사거리에 빨간 문이 인상적인 팥빙수 가게가
있다. 빨간 문을 열고 들어서면 커다란 가마솥 2개가 훤히 보이는 주방이
보인다.

계절을 막론하고 이곳에 오면 가장 먼저 찾는 것은 둥굴레 옥수수차.
겨울에는 따뜻하게 여름에는 시원하게 제공되는 둥굴레 옥수수차는 맛은
물론 팥빙수를 먹기 전 안정적인 몸의 온도를 만들어주는 좋은 역할을
한다.

연신 차를 음미하는 사이 금빛이 어른거리는 방짜 유기에 소복하게
팥빙수가 담겨 나온다. 유기는 보온성이 뛰어나고 쓸수록 멋이 나는
그릇이지만 높은 가격과 관리의 불편함으로 여타의 가게들은 많이
사용하지 않는다. 이곳은 수저도 방짜 유기를 사용한다. 그 덕인가 빨리
녹는 우유빙수의 단점이 보완되어 마지막 한 스푼까지 시원하게 즐길 수
있다.

입안에서 사르르 녹아내리는 은은한 우유 향을 머금은 우유빙수와 단맛이
부족하지도 과하지 않은 팥이 만나 오래도록 여운이 남는다.
큼직한 가마 속에서 삶은 알갱이가 알알이 살아 있는 통단팥과 아삭한
생률의 식감은 이곳만의 특징이다. 찹쌀떡을 주문해서 팥빙수와 함께 먹는
것도 이곳 팥빙수를 즐기는 방법이다.

이곳은 연세가 많으신 어르신들이 자주 찾는다. 만약 그때 지금 사랑을
주고 싶은 상대방이 내 옆에 있다면 그 사람과 나는 희끗희끗해진 머리를
깔끔하게 다듬고, 다소 무심하지만 나름 신경을 쓴 옷차림으로 가벼운
발걸음으로 찾아가 팥빙수를 먹으며 사랑을 확인하고 싶다. 팥빙수를
먹었고, 사랑으로 주었으니 존재가 명확해질 것이다.

팥빙수 한 그릇을 나눠 먹다가 그것이 조금 부족하다면 찹쌀떡을 시켜
출출함을 달랠 수도 있을 것이다.

집에서 수제팥빙수 맛있게 요리하기

팥빙수의 두 가지 요소는 팥앙금과 얼음이다. 시판 팥앙금을 사용하면 간편하지만, 조금의 수고를 더하면 내 입맛에 맞는 수제팥빙수를 만들어 먹을 수 있다. 넉넉하게 팥앙금을 만들어 앙버터나 수수부꾸미를 만들어 먹으면 일석삼조! 빙삭기가 있다면 팩 우유에 물과 연유를 섞어 팩 상태로 냉동실에 얼려서 빙삭기에 갈아 사용하면 부드러운 빙질의 팥빙수를 즐길 수 있다. 취향에 따라 원하는 토핑을 곁들여도 좋다. 후르츠 칵테일이나 제철 과일을 곁들이거나 통조림 밤, 찹쌀떡, 곡물 등 곁들일 수 있는 재료는 무궁무진하다.

재료(2인분)

우유 얼음(우유 300ml, 물 200ml, 연유 70ml), 팥앙금 적당량(팥 200g, 물 1L, 설탕 100g, 소금 한 꼬집→약 600g 분량), 생률 2개, 인절미 2조각

팥앙금 만들기

1 팥은 씻어 물에 담가 반나절 불린 뒤 물에 한번 씻는다.
2 냄비에 팥을 넣고 팥이 잠길 정도의 물을 부어 삶는다. 한번 끓어오르면 불을 끄고 뚜껑을 닫은 채 10분간 뜸을 들여 팥 색이 배도록 한다.
3 물을 버린 뒤 다시 냄비에 물 1L를 부어 삶는다.
4 끓어오르면 약불로 줄이고 팥 알갱이가 손으로 뭉개질 때까지 약 40~50분간 졸인다.
5 설탕과 소금을 넣고 바닥에 눌어붙지 않도록 잘 저어가며 수분이 없어질 때까지 졸인다.

만들기

1 분량의 우유 얼음 재료를 섞어 지퍼팩 2곳에 나눠 담는다. 쟁반 위에 평평하고 얇게 깔아 냉동실에 얼린다.
2 생률은 껍질을 벗겨 채 치고 인절미는 작게 자른다.
3 꽁꽁 얼은 우유팩을 냉동실에서 꺼내 밀대로 밀거나 포크로 긁는다.
4 냉동실에 넣어둔 차가운 그릇에 3을 담고 팥앙금과 생률, 인절미를 얹는다.

085

그리움은
사랑을 부른다

김치찌개

지겨워진 것이 문득 그리워질 때,
우리는 다시 사랑할 수 있게 된다

도마와 칼이 부딪혀 만들어내는 리드미컬한 소리와 시큼한 김치찌개
냄새로 잠이 깨고 싶다는 생각을 한 적이 있었다. 양배추와 피시소스로
실험적인 김치를 만들어내던 호주에서 있었던 시절의 얘기다.
알람이 울리기도 전에 잠을 깨우던 소음 같던 소리를 단잠과 아무렇지도
않게 맞바꾸던 아침식사, 지겹도록 먹던 김치찌개가 그리워질 거라고
상상조차 해본 적이 없었던 나는 그때의 감정을 지금도 가끔 떠올린다.
으슬으슬 떨리는 몸은 하루 종일 침대 밖으로 나오지 못한 채 상상 속에서
몇 번이고 엄마가 만들어준 김치찌개를 후후 불어가며 먹고 또 먹었다.

하지만 현실은 오로지 나 혼자, 몸과 마음의 허기는 며칠 동안 힘들게 했다.
그 순간 냉장고에 가득 채워진 식재료와 유명 셰프의 음식으로도 채울 수
없는 허기가 있다는 걸 느꼈다.

그리고 일본에서 수없이 들었던 "당신의 소울푸드는 무엇입니까?"에 대한
답을 찾을 수 있었다. '김치찌개.' 엄밀히 말하자면 그냥 김치찌개가 아닌
엄마의 김치찌개다. 귀국할 때까지 물리적으로 채울 수 없었던 나의 허기는
귀국 후 일주일 내내 만족스럽게 채워졌고 그 후로 나는 감기에 걸리면
김치찌개를 먹는 일종의 루틴이 생겼다.

어렸을 때는 김장 품앗이라는 것이 있어 집집마다 동네 사람들이 함께
김치를 담그는 일을 도왔다. 이웃집 김장을 도와주고 돌아오는 길이면
엄마는 늘 빈손으로 돌아오지 않으셨다. 하지만 귀신같이 다른 집의 김치를
알아차린 식구들 때문에 이웃의 김치는 언제나 찬밥 신세였다.

**그렇게 엄마의 김치는 식구들의 입맛에 각인이 되었고 그
김치로 만든 김치찌개는 취향이 되었다. 그래서인지 각각의
취향을 가진 사람들이 함께 김치찌개를 먹다 보면 여타
음식을 먹을 때와는 다르게 반응이 제각각이다.**

그런 제각각의 반응을 일치하게 만드는 김치찌개 가게가 있다. 이곳은
특이하게도 2가지 방식으로 음식을 즐길 수 있다. 오전 11시부터 오후
5시까지는 김치찌개에 5가지 이상의 푸짐한 쌈채소를 제공해 김치찌개에
듬뿍 들어간 고기를 쌈으로 싸먹을 수 있고, 오후 5시부터 10시까지는
김치찌개에 삼겹살을 제공해 일석이조의 기쁨을 만끽할 수 있다. 물론
저녁에도 5가지 이상의 쌈채소는 제공된다.

1986년부터 방산시장에 자리잡은 이곳은 처음엔 인쇄업자와
포장업자들이 즐겨 찾았다. 하지만 맛있으면 소문이 나기 마련인지라
지금은 남녀노소 누구나 찾는 맛집이 되었다.

특히 이 가게는 굽이진 좁은 골목을 돌고 돌아 찾아가는 짧은 여정을
거쳐야 하는데 이때 마주치는 풍경은 주변 시장의 침체된 분위기와는
다르게 여전히 생동감이 넘친다. 풍경에 취해 잠시 길을 잃어도 걱정 없는
것은 끊임없이 위치를 알려주는 김치찌개 냄새 덕분이다.

푸드스타일리스트라는 직업 특성상 큰 재래시장에서 소품과 재료를
찾아야 하는 경우가 많은데 그때마다 피곤한 발걸음을 잠시 멈추고
주린 배를 맛있게 채우러 갈 수 있는 집이다. 더군다나 군침이 돌게 하는
김치찌개의 맛은 늘 묘한 설렘을 동반한다.
혼자라도 반갑게 맞아주는 주인장의 안내를 받아 자리에 앉으면 큼직한
냄비가 나오고, 김치찌개가 부글부글 끓여지는 사이 밥상은 양푼 흑미밥과
각종 반찬, 쌈채소로 금세 풍성해진다.

짧지 않은 기다림 끝에 마주한 감칠맛 도는 깊이 있는 국물은 기다림에
대한 보상으로 충분하다. 시큼하면서도 감칠맛이 나는 김치와 양껏 들어간
앞다리 살과 뒷다리 살의 쫄깃함과 부드러움을 동시에 즐길 수 있어 쌈에
듬뿍 올려 구수한 된장과 함께 먹으면 입안 가득 행복감이 차오른다.

**일상의 반복은 때때로 지겨움을 불러온다. 하지만 그것이
조금만 날 멀리할 때 우리는 버림받는 느낌을 받는다. 익숙한
것에 소홀하지 않도록 교훈을 주는 것처럼.**

묵은지와 신김치

몇 년 전부터 토종 슬로푸드로 묵은지가 거론되면서 묵은지에 대한 사회적인 관심이 급증하고 있다. 그에 따라 묵은지를 활용한 메뉴나 묵은지 전문점이 기하급수적으로 생겨나고 있다. 하지만 묵은지는 공급량에 한계를 갖고 있어 수요를 감당하기에는 역부족이라는 얘기와 함께 시중에 유통되고 있는 묵은지의 대부분이 진짜 묵은지가 아닐 거라는 의혹에 힘이 실리고 있다.

그렇다면 묵은지는 신김치와 무엇이 다를까? 먼저 가장 다른 점은 숙성 기간이다. 묵은지는 공기가 통하지 않은 상태로 짧게는 6개월에서 길게는 3년이라는 오랜 기간 저온에서 푹 익어서 깊은 맛이 난다. 제대로 숙성시키지 않으면 배추가 물러지거나 군내가 나서 먹을 수 없게 되는 만큼 정성이 필요하다. 그에 비해 신김치는 몇 주 정도 시간이 지나 자연스레 숙성이 되면서 신맛이 만들어지는 것으로 숙성이 빨리 진행되는 만큼 신맛도 강하다.

다음으로 다른 점은 숙성 온도다. 묵은지는 0~4도씨 사이의 일정한 저온에서 오랜 시간 숙성시키는 것으로 전통적인 방법(땅속 저장, 동굴 저장) 외에 인공적으로 만들어낼 수 없기 때문에 그 희소성이 높다. 그에 반해 신김치는 보통 6도씨 정도에서 가장 숙성이 잘되며 그 후 시간이 오래 경과하거나 따뜻한 곳에 오래 두면 자연스럽게 신김치가 되는 것이다.

그 외에도 담그는 방법이 다른데, 6개월 이상 숙성시켜 먹는 묵은지를 담글 때에는 채소와 젓갈 등의 속재료를 줄이고 찹쌀풀로 담가 김치 고유의 식감이 오래 유지되도록 한다. 그리고 일반 김치를 담글 때보다 염도를 2.5~3.0% 정도 높게 잡아 담근다. 반면 신김치를 담글 때에는 감칠맛을 내기 위해 채소나 젓갈 등의 속재료를 풍부하게 넣어 김치의 숙성을 촉진시킨다.

끝으로 맛과 모양이 다르다. 묵은지는 빛이 바랜 듯한 색을 띠며 신맛이 덜하고 구수하며 깊고 시원한 맛이 난다. 맨입으로 먹어도 짜거나 맵지 않은 맛이 특징이며, 찌거나 씻어서 돼지고기, 참치, 등갈비 등과 함께 곁들이면 다른 식재료로는 대체할 수 없는 고급스러운 음식으로 재탄생한다. 신김치는 붉은 빛깔과 식감이 살아 있는 싱싱한 느낌을 주며 특유의 톡 쏘는 맛이 난다. 찌개를 끓이거나 찜, 쌈 요리 등에 이용하면 특유의 향과 식감이 요리와 잘 어울린다.

집에서 돼지고기 김치찌개 맛있게 요리하기

김치찌개 맛을 좌우하는 것은 역시 김치다. 김치찌개에 들어가는 김치는 적당히 익은 김치여야 하는데 발효되지 않은 김치를 사용하면 아무리 좋은 부재료를 넣어도 풍미 가득한 깊은 맛을 낼 수 없다.

풍미 가득한 깊은 맛에 개성을 입히는 것은 부재료의 몫으로 시대와 지역에 따라 다양한 변화를 거듭하고 있다. 그중 단연 최고의 인기는 돼지고기라 할 수 있는데, 돼지고기의 탱글한 식감과 담백하고 시원한 맛이 그 인기의 비결이다. 참치, 꽁치, 연어 등의 통조림을 넣은 김치찌개는 특유의 기름진 맛과 풍부한 향미, 생선의 고소한 맛이 밥반찬으로 제격이며, 멸치를 넣은 시원한 맛의 김치찌개나 어묵을 넣은 개운한 맛의 김치찌개는 술안주로도 잘 어울린다. 김치찌개를 끓일 때 쌀뜨물을 사용하면 맛이 구수해지고, 들기름에 김치를 볶으면 깊은 맛을 내는 데 도움이 된다.

재료(2인분)

돼지고기(목살, 앞다리 살) 150g, 두부 1/4모, 양파 1/2개, 대파 1대, 청양고추 1개, 다진 마늘 1작은술, 쌀뜨물 3컵, 김칫국물 1/2컵, 고춧가루 1작은술, 설탕1/2큰술, 국간장 1작은술(또는 까나리액젓 1큰술), 청주 1작은술, 들기름 1큰술, 후추 1작은술

만들기

1 김치는 속을 대충 털어낸 후 송송 썰고, 돼지고기는 핏물을 제거한 후 한 입 크기로 썬다. 양파, 대파, 청양고추는 어슷하게 썰고, 두부는 한입 크기로 썬다.

2 손질한 돼지고기에 다진 마늘, 청주, 후추를 넣고 밑간을 한다.

3 냄비에 들기름을 두르고 돼지고기를 넣어 겉면이 익을 때까지 볶는다. 김치, 양파, 설탕, 고춧가루를 넣고 볶는다.

4 3에 쌀뜨물과 김칫국물을 넣고 강한 불로 한소끔 끓인다.

5 4에 국간장을 넣어 간을 하고 두부, 청양고추, 대파를 넣고 중불로 10분간 뭉근히 끓인다.

<u>기다렸던 사람은 오지 않고
음식은 그대로</u>

돈가스

무언가를 기다린다는 것은
무언가를 희망하는 것이기도 하다

기다려도 오지 않는 사람을 돈가스를 시켜놓고 기다린 적이 있다. 끝내는
오지 않았던 그 사람과 고스란히 남겼던 돈가스.

그 아픈 추억으로 돈가스를 멀리 할 때도 됐건만 여전히 난 돈가스를
사랑한다. 그런 자신을 지극히 평범하다고 자각할 때가 있다.
좋지 않은 추억을, 아주 평범하게 그리워할 때 난 지극히 평범히구나, 하는
느낌이 든다.

특히 점심 메뉴로 찌개나 생선구이, 제육볶음 그리고 돈가스의 굴레 안에서
빙빙 돌아갈 때, 더욱 지극히 평범하다는 생각이 든다. 안심이나 등심에
밀가루와 달걀옷을 입혀 튀김가루에 묻힌 것이 뭐 대단할까 하는 생각이
들지만 한입 베어 물면 요 맛이 요렇게 특별했구나, 하는 감탄을 자아내게
된다. 그래서 나는 아주 평범한 사람이라는 자각을 하게 된다.

한때는 돈가스를 먹는 것이 특별한 이벤트가 되기도 했던 적이 있었다.
더군다나 스프와 빵까지 나오니, 뭔가 격식을 차린 코스 요리로
인식되기까지 했다. 샐러드가 나오고 빵이 나오고, 돈가스가 나오고,
후식을 즐기면 왠지 모를 뿌듯함이 몰려왔던 그 음식. 소개팅이나 맞선도 이
돈가스를 먹으면서 이뤄진 적도 많았다. 그 옛날에는 말이다.

지금은 일본식 돈가스가 대세를 이뤄 나름 격조를 내세우던 경양식당이
점점 자취를 감췄지만 아직도 그 명맥을 유지하고 있는 곳이 있다. 잠실에
있는 그곳은 보기 드물게 경양식이라는 문구가 임팩트 있고도 예스럽다.
더불어 사장님의 업력만큼은 홀에 연대별로 걸린 액자의 설명처럼 긴
역사를 갖고 있다.

따뜻하게 데워진 볼에 담겨진 수프. 습관처럼 후추를 뿌리고, 골고루 저어
한입 먹는다. 옷에도 어울리는 악세서리가 있는 것처럼 경양식 돈가스에도
어울리는 고소하고 친근한 맛의 수프에서 어릴 적 먹었던 익숙한 맛이 난다.

이곳의 돈가스 정식은 돈가스와 함박스테이크 그리고 새우 프라이가
나온다. 바삭한 튀김 옷 속에 숨어 있는 땡글땡글 고소한 새우 속살에
얹혀지는 상큼하면서도 담백한 타르타르 소스의 합이 일품인 새우 프라이.
고기의 입자가 살아 있어 씹을 때마다 느껴지는 탄탄한 식감과 임팩트
있는 청양고추의 매콤함이 어우러진 함박스테이크. 부드러운 식감을
충분히 느낄 수 있는 얇고 바삭한 튀김옷을 입은 밑간이 잘 밴 돈까스.
함박스테이크와 돈가스에 뿌려진 탄탄한 기본기를 느낄 수 있는 소스는
채소와 과일을 베이스로 만들어 자극적이지 않으면서도 단맛, 신맛, 짠맛,
감칠맛의 밸런스가 적절해 평범한 듯 비범한 맛이 난다.

어디에나 있을 것 같았지만 쉽게 찾을 수 없었던 기억의 맛이다. 생선가스
대신 새우 프라이가 나오는 것 외에는 크게 다를 것 없어 보이지만 맛은
확실히 다른 추억이 담긴 한 접시다. 입맛을 돋우는 깍두기와 고추 피클,
단무지는 기름에 튀긴 음식을 먹었을 때 으레 느껴지는 느끼함을 가시는 데
큰 역할을 한다.

**이곳의 돈가스를 끝내 기다려도 오지 않았던 사람과 먹었다면
어땠을까? 어쩌면 말이다. 정말로 어쩌면 말이다.
헤어지는 것이 늦춰졌을지도 모른다는 생각을 해봤다.
편안함과 따뜻함이 연실 올라오는 돈가스 잎에서 서로의
인연을 끊자는 말은 하진 않았을 것이다.**

집에서 옛날돈가스 맛있게 요리하기

튀김 요리는 기름이 튀어 주방이 지저분해지는 것도 싫지만 소임을 다한 기름을 어떻게 처치하느냐도 큰 고민이다. 옛날돈가스는 고기가 얇기 때문에 기름의 양을 줄여도 겉은 바삭하고 속은 촉촉하다. 특히 옛날돈가스는 버터와 잼을 바른 모닝빵에 샌드위치처럼 올려 먹어도 맛있다.

재료(2인분)

돼지고기 등심(돈가스용) 300g, 밀가루 3큰술, 달걀 1개, (고운)빵가루와 밀가루, 소금과 후추 약간, 양배추 한 줌, 케첩 2큰술, 마요네즈 1큰술, 베이크드 빈, 모닝빵, 딸기잼, 흰쌀 밥, 식용유 적당량

소스 : 버터 1/2컵, 밀가루 1/2컵, 우유 1/2컵, 물 1컵, 케첩 2큰술, 우스터소스 1/2컵, 후추 약간

소스 만들기

1 팬에 버터와 밀가루를 넣고 중약불에서 갈색이 날 때까지 계속 저어가며 루를 만든다.
2 2에 물을 넣어 덩어리가 지지 않도록 풀고 케첩과 우스터소스를 넣고 섞는다.
3 우유, 설탕, 후추를 넣고 걸쭉해질 때까지 저어가며 끓인다.

돈가스 만들기

1 등심 위에 비닐을 깔고 고기 망치로 두들겨 얇게 편다. 소금과 후추로 밑간을 한 뒤 냉장고에 30분간 넣어둔다.
2 양배추는 얇게 채 썬 후 찬물에 담가둔다. 케첩과 마요네즈를 섞어 샐러드 드레싱을 만든다.
3 냉장고에서 고기를 꺼내 밀가루, 달걀물, 빵가루 순으로 골고루 묻힌다.
4 팬에 돈가스가 반만 잠길 정도의 식용유를 넣고 170도로 예열한다. 돈가스를 넣고 앞뒤로 노릇하게 튀긴다. 이때 불은 중불로 한다.
5 접시에 돈가스, 흰쌀 밥, 양배추, 베이크드 빈을 담고, 돈가스 위에 소스를 뿌리고 양배추 위에 드레싱을 뿌린다.
6 모닝빵과 딸기잼을 함께 곁들인다.

<u>그 누군가가 베푼
무한한 사랑</u>

제주산 백돼지

결국은 사람이
사랑에 대한 사랑이지 않을까?

홍대와 신촌 사이에 위치한 신촌 '땡땡 거리'에는 더 이상 기차가 다니지
않는다. 과거와 현재가 만나는 철길이 조금 남아 있고 그것을 바라보며
과거의 나와 조우하는 내가 있고 그 추억을 간직한 기찻길 옆 고깃집이
허름한 모습 그대로 다른 이름을 걸고 영업을 하고 있을 뿐이다.

**누구나 20대가 가장 화려했을 것이다. 만날 친구도 많았고,
만날 이성도 많았다. 선택의 폭도 넓었고, 다 선택하고 싶어도
괜찮을 정도의 체력도 있었다.**

이성 혹은 친구끼리 영화에서나 봄직한 소박한 철로 옆에 양철 탁자가
펼쳐지면 삼삼오오 모여 앉아 술잔을 기울이다가 석탄을 실은 기차라도
지나가면 복권이라도 당첨된 것처럼 신이 나서 환호성을 지르고 손뼉을
쳐댔다. 입안에서 살살 녹는 고기의 황홀한 맛에 빠져 매캐한 연기가
정성스럽게 화장한 얼굴을 수없이 공격해도 아랑곳하지 않고 쫀득쫀득한
갈빗살을 입에 넣었다.

20대 초부터 다니던 이곳은 헤어지기 싫어
새벽까지 술잔을 붙들고 있다가 맞이했던
첫눈의 로맨틱함이 묻어 있고, 새벽까지 풀어내던
청춘의 치열한 고민이 오래된 낙서처럼 새겨져 있다.

그 사이 4평 공간으로 시작한 고깃집은 앞 가게로 확장을 하고 얼마 지나지
않아 기찻길 건너편에 3층 건물을 지어 이전을 했다.
추억의 장소를 떠나지 못하고 예전 그 자리에 앉아 음식을 주문하지만
예전의 그 맛은 아니다. 얼큰해진 취기를 잠시 다스리려고 고개를 들면
눈동자로 쏟아지던 밤하늘의 별은 볼 수 없게 되더라도 맛있는 양념
갈빗살을 먹을 수 있는 곳이 낫겠다는 생각이 들어 결국 이전한 3층
건물에 들어서니 300여 석의 넓은 실내는 사람들로 이미 북적북적했다.
터값이라는 게 있는지 장사 잘되는 맛집도 자리를 옮기면 예전만
못하다던데 이곳은 예외인 것 같다.

더 이상 내가 구워지는지 고기가 구워지는지 분간이 안 갈 정도로 불 앞에서 더워할 필요도 없고, 비닐 한 장에 의지해 추위에 덜덜 떨지 않아도 된다. 그 점에 위안을 얻으며 늘 그렇듯 사람들과 어울려 이곳을 찾았다.

유학으로 발길이 뜸할 때도 있었지만 휴가차 귀국할 때면 친구들과 이곳 양철 탁자에 둘러앉아 오랜만에 회포를 푸는 것은 너무도 자연스러운 일이었다. 그런데 올 때마다 가격이 눈에 띄게 오르더니 사람들을 데려가도 예전 같지 않은 반응이 느껴졌다. 몇 년 사이 변한 것이 나인지 이곳인지 알 수는 없지만 더 이상 내가 추억하는 그곳이 아니라는 생각이 들었다.

추억이 더 이상 추억이 될 수 없다면 다른 곳에서 또 다른 추억을 만들어야 한다.

그래도 기찻길 주변을 떠나지 못한 나의 눈에 들어온 것은 제주산 백돼지와 소스의 조합을 맛볼 수 있는 당시만 해도 흔치 않던 제주도 도야지를 파는 가게였다. 제주돼지 하면 흑돼지를 먼저 떠올리지만, 정작 제주도민들은 백돼지를 많이 먹는다고 한다. 그 이유는 가격이 훨씬 저렴하지만 흑돼지와 비교하여 맛이 현저하게 떨어지지 않기 때문이다. 그런데 제주돼지는 왜 이렇게 맛이 있을까? 이곳과 제주도를 여행하며 늘 품었던 궁금증에 대한 답을 찾은 것은 지난 제주 여행에서였다.

103

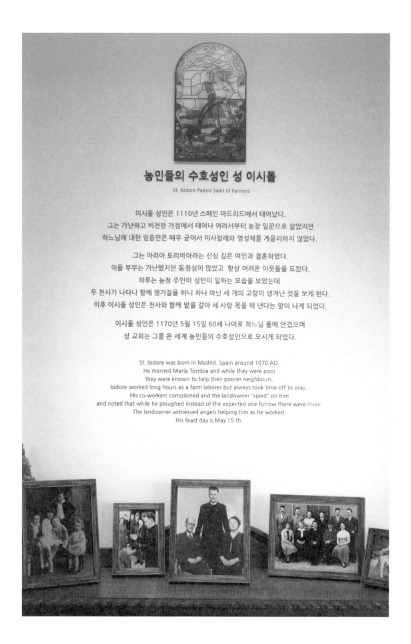

농민들의 수호성인 성 이시돌

St. Isidore Patron Saint of Farmers

이시돌 성인은 1110년 스페인 마드리드에서 태어났다.
그는 가난하고 비천한 가정에서 태어나 어려서부터 농장 일꾼으로 살았지만
하느님에 대한 믿음만은 매우 굳어서 미사참례와 영성체를 게을리하지 않았다.

그는 마리아 토리비아라는 신심 깊은 여인과 결혼하였다.
이들 부부는 가난했지만 동정심이 많았고 항상 어려운 이웃들을 도왔다.
하루는 농장 주인이 성인이 일하는 모습을 보았는데
두 천사가 나타나 함께 쟁기질을 하니 하나 아닌 세 개의 고랑이 생겨난 것을 보게 된다.
이후 이시돌 성인은 천사와 함께 밭을 갈아 세 사람 몫을 해 낸다는 말이 나게 되었다.

이시돌 성인은 1170년 5월 15일 60세 나이로 하느님 품에 안겼으며
성 교회는 그를 온 세계 농민들의 수호성인으로 모시게 되었다.

St. Isidore was born in Madrid, Spain around 1070 AD.
He married Maria Torribia and while they were poor
they were known to help their poorer neighbours.
Isidore worked long hours as a farm laborer but always took time off to pray.
His co-workers complained and the landowner "spied" on him
and noted that while he ploughed instead of the expected one furrow there were three
The landowner witnessed angels helping him as he worked.
His feast day is May 15 th.

제주도민이 된 친구에게 가볼 만한 곳을 추천받았는데 그중 한 곳이
'성이시돌 목장'이었다. 성이시돌 센터를 지키는 사람은 1953년 선교하기
위해 아일랜드에서 제주도까지 온 패트릭 제임스 맥그린치 신부다.

당시 한국전쟁이 끝난 지 얼마 되지 않아 제주도민들도 끼니를 거르기
일쑤였다. 이 상황을 지켜본 맥그린치 신부는 제주도에 돼지 목장을
세웠다. 당시 제주도엔 흑돼지만 있었는데 백돼지에 비해 성장 속도가
2배가량 더 걸렸다. 그는 인천에서 새끼를 밴 백돼지 한 마리를 사와
제주도민과 함께 애지중지 키워 나갔다. 한 마리가 결국 1만 5,000마리까지
늘어나 이 목장은 아시아 최대의 양돈농장이 되었고 수출까지 하게 되었다.
한 남자가 가져온 한 마리의 돼지 덕분에 양돈사업은 제주도의 주요
사업으로 자리잡게 되었고 제주돼지를 팔아 번 돈으로 교회, 병원, 은행 등
제주도민들을 위한 여러 복지시설을 지었으며 굶주렸던 제주도민들을 먹여
살리는 효자 노릇을 하게 된 것이다.

한 남자의 사랑과 집념, 선구안이 일궈낸 기적이다.

맥그린치 신부의 이야기는 종교를 믿는 사람에겐 신의 위대함을 말할
것이고 나처럼 무교인 사람에겐 인간의 위대함을 말할 것이다. 그가
아버지에게 보냈던 편지를 읽으며 제주도민, 아니 인간에 대한 그의 사랑이
얼마나 대단했는지 느끼게 된다. 그의 호소가 고스란히 전해져 감동과 함께
존경과 감사의 마음이 들었다.

좋아하기만 했던 제주도를 다른 시각으로 이해할 수 있게 된 계기가 되었고 단순히 맛있게만 먹던 제주돼지에 대해 알게 되며 예전과는 다른 마음으로 제주돼지를 먹게 된다.

같은 품종의 돼지는 맛이 비슷하지만 제주돼지가 유난히 맛있는 이유는 전국 돼지 중에서 유일하게 정부에서 지정하는 '지리적 표시제'에 지정이 되어 축산 진흥원으로부터 엄격하게 품질을 관리 받기 때문이다. 지리적 표시제란 그 지역의 특산물과 비슷한 개념을 말하는데, 한마디로 말해서 제주도의 좋은 자연환경과 뛰어난 기술력을 가진 양돈사업에 정부의 엄격한 관리까지 받기 때문에 품질이 좋고 맛있는 돼지가 생산될 수밖에 없다는 것이다.

10년 넘게 추억의 페이지를 채워가고 있는 제주돼지를 파는 고깃집에서는 그 맛있는 제주돼지를 더 맛있게 먹을 수 있다.
여러 부위를 한번에 맛볼 수 있는 '돼지 한 마리세트'를 판매해 다양한 부위를 조금씩 즐길 수 있다. 오겹살, 목살, 뽈살, 꼬들살에 김치찌개까지 맛볼 수 있어 덕을 보는 듯한 기분이 드는데 약 3cm 두께로 두툼한 고기를 익히기 위해서는 철망 석쇠에 참숯과 열탄을 섞어서 사용한다.
두툼한 오겹살과 목살은 정성스럽게 칼집이 내어 나오는데 고기에 숯불 향이 입혀지면서 깊게 낸 칼집 사이로 구석구석 열이 닿으며 감칠맛이 속부터 올라와 삼겹살의 쫄깃한 맛이 살아나고, 목살의 풍부한 육즙이 터진다.

누룩과 솔잎에 숙성시킨 후 솔잎으로 초벌구이 한 뽈살과 꼬들살이 숯불에
올려지는데 은은한 솔잎 향을 입은 뽈살은 씹을수록 진한 감칠맛이 나고
꼬들살은 두툼한 비계의 꼬들꼬들한 식감이 일품이다. 숯불 위에 올려
반쯤 졸아든 멜젓을 고기를 찍어 먹으니 그것만으로도 황홀하다. 짜지
않으면서도 구수한 젓갈의 풍미와 고기의 고소한 감칠맛과 어우러져 다른
곳에서는 맛볼 수 없는 이곳만의 특별한 밸런스를 이루어낸다. 여기에
해남배추로 담근 3년 숙성된 묵은지 한 장을 더하면 돼지고기의 부족한
맛까지 채워진다. 묵은지와 삼겹살을 듬뿍 넣고 끓여 시원하면서도 진한
맛이 나는 김치찌개는 밥도둑이 따로 없다.

제주돼지와 한라산 소주의 마리아주를 즐길 수 있는 것도 이곳만의
특별함인데 그 특별한 마리아주를 가능케 한 것이 무모했을지도 모르는 한
신부의 도전 덕분이었다니 놀랍고도 특별한 이야기가 아닐 수 없다.

사랑은 빈대떡에서
이별은 빈대떡으로

빈대떡

추억과 공존할 수 있는 음식은
죽을 때까지 떠오른다

막걸리와 빈대떡은 사랑에서 시작했고, 그 사랑은 빈대떡과 막걸이로
끝났다. 피맛골이 존재했던 시절, 수많은 커플들이 종로 뒷골목을 휘젓고
다녔다.

**빈대떡을 앞에 두고 막걸리를 마시면서 사랑을 고백하는
사람이 있는가 히면 이별을 고하는 사람이 있었다.
누군가에겐 아름다운 추억이 되기도 하고,
누군가에게 기억하고 싶지 않은 나쁜 일이 되기도** 한다.

다행히도 난 나쁜 기억은 없다. 빈대떡을 두고 사랑을 속삭이던 시절이
없어서일까? 빈대떡을 생각하면 명절 때마다 고생을 한 엄마가 떠오를
뿐이다. 녹두를 불리고 갈아서 각종 재료를 넣고 스윽스윽 버무려 넉넉한
기름으로 지져낸 빈대떡은 어른들의 낮술 안주로, 아이들의 출출한
속을 달래는 간식으로 순식간에 사라졌다. 명절 행사가 끝나고 대청소가
시작되면 엄마의 넋두리는 이것이었다.

"장손하고는 결혼하지 말아라."

고부갈등이 최고조로 올라간다는 명절은 며느리에겐 우울증을
불러일으키는 행사였다. 물론 지금은 상황이 많이 나아졌다곤 하지만
그래도 며느리는 며느리고, 시댁은 시댁이었다. 종로 바닥을 휩쓸며 사랑을
속삭이던 커플 또한 결혼을 하면 이런 갈등이 생길 것이다.
**사랑으로 이어진 빈대떡이 미움으로 변질되는 매개체가 될
수도 있는 것이다.**

엄마의 중노동을 지켜보면서 여러 입들이 모아모아 제사상에 올리는
음식의 가짓수를 줄여 지금은 빈대떡을 지지진 않지만 명절을 보내는
데 빈대떡이 없으면 아쉬움이 커지는 것은 나였다. 물론 전을 부치는
중노동에서 벗어나는 것이 좋기도 하지만 맛난 음식을 먹지 못하는 것은
애석한 마음이 남는다.

빈대떡 하면 사람들이 가장 먼저 떠올리는 곳은 광장시장이다. 두툼한
빈대떡을 넉넉한 기름에 튀기듯 부처내는 광장시장의 빈대떡은 겉은
튀김처럼 바삭하고 속은 부드럽고 고소해 가볍게 시장기를 채우는 데
제격이다. 하지만 나는 이곳을 물리고 공평동으로 향한다. 서울에서 가장
오래된 빈대떡집이라는 이곳은 1950년대 초반부터 장사를 시작했다.
그때는 엉성하게 의자만 놓고 장사를 하는 게 피란길 기차 칸을 떠올린다고
해서 기차집으로 불렸다가 1960년대 가게의 위치를 피맛골로 옮기면서
기차집과 비슷한 열차집으로 바꿨다고 한다. 반세기에 걸쳐 종로 피맛골을
대표하는 곳으로 문인, 예술가, 언론인, 샐러리맨들의 주머니를 가볍게
하다가 2010년 피맛골 재개발로 인해 예전 자리에서 멀지 않은 공평동의
골목으로 이전해 3대째 가업을 이어오고 있다.

낮부터 가게 앞을 풍기는 은은한 돼지기름 냄새는 문을 열고 들어서면
더욱 선명하게 코끝을 간지럽힌다. 벽에 걸린 흑백 사진 속 꼬맹이가 중년의
사장님이 되어 번철 앞을 떡하니 지키고 있는 모습은 왠지 든든하기까지
한다.

주문과 함께 황금색으로 부처내는 빈대떡은 특유의 고소한 맛과
순하면서도 풍미 가득한 맛으로 유명한데, 100% 녹두를 갈아 돼지기름에
부처내기에 가능한 맛이다. 두껍지 않은 빈대떡은 겉은 바삭하고 속은
부드러운 식감으로 간장에 절인 아삭한 양파를 얹어 먹으면 입안이 즐겁고,
슴슴한 빈대떡 한 점에 매콤하고 감칠맛 나는 조개 굴젓을 올려 먹으니
완벽한 콤비란 이런 것이구나 싶다.

빈대떡 3종 세트(원조 빈대떡, 고기 빈대떡, 김치 빈대떡)는 어느 것 하나
매력적이지 않은 것이 없어서 욕심 많은 나는 늘 모둠 빈대떡을 주문하고
겨울에는 굴 향 가득 품은 굴전도 잊지 않고 주문한다.

막걸리 지도를 붙여 놓을 만큼 다양하게 구비되어 있는 막걸리는 함께한
이의 취향과 그날의 컨디션에 따라 결정하는데 가장 만만한 것은 아무래도
지평 막걸리다. 막걸리 한 잔에 빈대떡 한 점을 먹으니 20대 때 누군가가
생각나고, 막걸리 두 잔에 빈대떡 한 점을 먹으니 30대 때 누군가가
생각난다.

추억과 공존할 수 있는 빈대떡은 사랑도 생각나게 하고, 엄마도 생각나게
한다. 더불어 어르신과 동석할 때는 아버지도 생각난다. 거하게 취하지 않게
적당히 마시고 먹고 나오니, 별 한 점이 또렷이 비친다. 피맛골에서 만나고
웃었던 사람들은 지금은 어디에서 웃고 있을까?

집에서 빈대떡 맛있게 요리하기

맛있는 빈대떡을 만들기 위해선 반죽의 점도와 불의 세기가 무엇보다 중요하다. 기름을 넉넉하게 두르고, 불에서 천천히 부쳐야 가장자리는 바삭바삭하고 안쪽은 촉촉한 맛을 낼 수 있는데, 이때 돼지기름(라드유)를 사용하면 훨씬 고소하고 감칠 맛이 난다. 녹두의 경우 국내산과 중국산을 구별하는 가장 쉬운 방법은 알맹이의 크기를 살펴보는 것이다. 국내산일 경우 중국산에 비해 알맹이가 반 정도 작고 광택이 없고 물에 잘 불지 않고 껍질도 잘 벗겨지지 않는다. 하지만 구수한 맛은 중국산에 비할 바가 아니니 공을 들이면 맛있는 빈대떡을 맛볼 수 있다. 혹은 거피된 국내산 녹두를 구입하는 것도 한 방법이다.

재료(6~8장)

녹두 2컵, 다진 돼지고기 200g, 물 적당량, 배추김치 200g, 숙주나물 200g, 대파 1대, 양파 1/2개, 홍고추 1개, 청고추 1개, 찹쌀가루 2큰술, 간장 1큰술, 청주 1큰술, 후추 약간, 소금 1작은술, 돼지기름 적당량

초간장 : 국간장 4큰술, 채수 2큰술, 식초 2큰술, 참깨 2작은술

만들기

1 3~4시간 물에 불린 녹두를 손으로 비벼서 껍질을 제거하고 체에 밭쳐 물기를 제거한 뒤 녹두가 잠길 정도의 물과 함께 믹서기에 넣고 간다. 거피가 제거된 녹두라면 바로 믹서에 갈아도 된다.

2 다진 돼지고기는 간장, 청주, 후추로 밑간을 하고, 달군 팬에 넣고 볶아서 식힌다. 숙주는 끓는 물에 데치고 물기를 제거한 뒤 송송 썬다. 배추김치는 양념을 털어내고 가볍게 씻어 송송

썬다. 대파, 양파도 굵게 다진다.

3 간 녹두에 찹쌀가루, 소금을 넣어 되직한 농도를 만들고 2의 준비한 재료를 넣어 골고루 섞는다.

4 달군 팬에 돼지기름을 두르고 반죽을 떠 넣는다. 편평하게 윗면을 만든 후 어슷하게 썬 청고추와 홍고추를 올린다. 약불에 양면을 노릇하게 익힌다. 바삭바삭해졌으면 그릇에 담고 초간장에 찍어 먹는다.

※ 돼지기름 대신 들기름과 식용유를 동량 섞어서 사용하면 들기름 향이 은은하게 퍼지는 특별한 맛의 고소한 빈대떡을 즐길 수 있다.

허름한 주점에서 뜨는
추억거리

이갈비

사랑했다는 진실이 공허히 느껴질 때

너를 버리고 나는 다시 시작할 거야

- 신현림 '이별한 자가 아는 진실' 중에서

홍상수 감독은 주연을 캐스팅할 때 흡연을 하느냐 하지 않느냐를 따진다고
한다. 그의 영화 속 남자주인공은 참으로 찌질한데 「북촌방향」에서
유준상이 맡은 배역도 그렇다. 참으로 찌질하다.
이 영화를 본 사람들 대부분이 느끼는 것은 남자주인공의 뻔뻔함이다.
자기감정에 충실하는 모습을 위선 떨지 않고 보여주는 것은 좋은데 다소
보는 이에게 찡그림을 준다.

사랑이라고 하기엔 너무 찌질하고, 사랑이 아니라고 하기엔 너무
부끄럽다. 저런 사람을 사랑했다니, 혹은 저런 사람을 사랑할 수도 있다니,
복잡미묘하다.

이 영화에서 유준상의 발걸음을 따라가면 낯익은 공간이 눈에 들어온다.
수많은 청춘들이 휘갈긴 낙서로 가득찬 유물 같은 벽과 낮은 천장,
사발막걸리와 생선 접시를 보니 갑자기 심장이 심하게 뛰었다. 용케도
피맛골 재개발을 피해 갔구나 싶어 뭉클함마저 드는 이곳은 피맛골
주점으로 고갈비, 전봇대집, 봇대집, 이갈비 등으로 불린다. 정식 상호는
'와사등'이다. 이곳의 주인 또한 원래 이름이 그것이라고 잘 확인해주지
않을 정도로 오래된 주점이다. 1956년도에 열었다니 참으로 오래되긴
오래되었다.

대학 신입생 시절 갈비를 사준다는 선배의 말에 혹해서 따라나선 곳은
이곳이었다. 선배의 꽁무니를 따라 들어선 곳에서는 자욱한 육고기의 냄새
대신 지글거리는 생선 굽는 냄새가 피어오르고 있었다. 기분 좋게 취한
사람들의 테이블 위에는 해체된 생선 토막이 담긴 접시 하나와 큼직한 양푼
사발에 막걸리가 출렁거리고 있을 뿐이었다. 장난스럽게 웃으며 고갈비도
갈비라고 우기던 선배가 당시에는 어찌나 얄미웠는지 모른다. 심지어
고갈비를 과장한 임연수어라니!

일주일에 두세 번은 밥상에 올라오는 생선구이를 집 밖에서까지 먹어야
한다며 투덜댔지만 생선구이를 좋아하는 식성을 오래 감추지 못하고
안주발을 세워서 막걸리로 배를 채우게 하려던 선배의 계획을 본의 아니게
아니 보기 좋게 날려버렸다.

오래지 않아 후배들을 챙겨야 하는 입장이 되고 보니 장난기 섞인 선배의
웃음이 사실은 멋쩍어서 지은 웃음이 아니었을까 싶어 뒤늦은 후회가
밀려왔다. 인생은 역지사지를 겪어봐야 안다! 군대를 제대하고 이제 막
복학한 사람의 뻔한 주머니 사정을 곰신이 되고서야 깨닫게 되니 말이다.

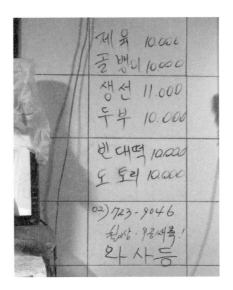

주머니를 털어 후배를 챙겼던 그 마음이 참 따뜻했구나 싶어서 나도
누군가에게 그런 선배가 되고 싶다고 생각했다.

그 후로 한동안 나는 선배와 같은 수법으로 후배들과 친구들을 끌고 자주
이곳을 찾았다. 이름도 모르고 갈 때마다 몇 번을 헤매면서도 싼 막걸리와
안주 때문이 아니라 그냥 그곳이 좋아서 꾸역꾸역 찾아갔다. 졸업을 하고
다니던 직장이 강남에 있다 보니 자연스럽게 발길이 뜸해지고 유학과
워킹홀리데이로 한국을 떠나 살다 보니 기억 속에서도 잊혀갔다.

그러다가 들은 청천벽력 같은 피맛골 재개발 소식에 추억 속 몇 장소와 더불어 와사등도 사라졌다고 생각하며 마음 아파했다. 그런데 이렇게 건재할 줄은 꿈에도 몰랐다. 나보다 나이도 많은 곳인데 잘 성장한 청년을 보는 것처럼 뿌듯한 건 왜일까?

오랜만에 헤매면서 찾아간 와사등은 여전히 간판이 없었다. 다만 손으로 쓴 와사등이라는 글씨가 간판이 되어 예전 그곳에 서 있었다. 여장부 같은 반가운 주인 할머니도 정정하게 그대로고, 손님을 기다리는 임연수어도 지글지글 맛있게 구워지고 있었다. 입구 앞에 있던 전봇대는 화재로 사라지고 없지만 술맛 당기게 하는 어두컴컴한 노란 조명을 받으며 보기만 해도 배부른 양푼 막걸리가 나온다. 포천에서 올라왔다는 막걸리는 살짝 시큼한 듯 달달한 맛이 요즘의 브랜드 막걸리에 비하면 투박하기 그지없는 맛이지만 속 깊은 얘기를 술술 풀어내기에 제격인 익숙하게 먹던 맛이다.

임연수어인데 왜 고갈비라고 부르냐는 논란이 있었던 임연수어 구이가 잘 구워져 굵은 소금과 함께 나오면 젓가락이 바빠진다. 자르르 기름이 흐르는 임연수어 살점을 크게 떼어내 소금에 콕 찍어 입에 넣으니 임연수어의 고소하고 담백한 맛이 입안에 퍼진다. 습습한 임연수어 구이는 간장에 고추냉이를 풀어 찍어 먹는 것이 보통인데 이렇게 소금을 찍어서 먹는 것도 임연수어 본연의 맛을 명확하게 느낄 수 있으니 좋다.
임연수어 구이가 맛있는 곳을 손에 꼽으려면 이곳을 넣을 수 있을지는 잠시 고민을 해야겠지만 투박한 막걸리와 어울리는 안주를 내어주는 곳을 꼽으려면 나는 이곳을 넣을 것이다.

이곳은 추억이 덕지덕지 묻은 벽에 기대서 옛것에 대한 향수를 꺼내어도
어색하지 않은 몇 개 남지 않은 진짜 주점이다.

바닥을 보지 못할 것 같던 양푼의 바닥을 보고 나니 이제야 이갈비 외에 한
번도 주문해본 적 없는 다른 메뉴가 눈에 들어온다. 다음을 기약할 이유가
생긴 나는 오랜만에 추억의 맛에 취했다. 일부러 피맛골 골목을 돌아
지하철로 이동하던 중 마주한 반쯤 허문 상가와 더 이상 영업을 하지 않는
듯 먼지를 가득 덮은 상가의 간판을 보며 와사등 같은 곳이 이대로 우리
곁에 남을 수 있으려면 우리가 해야 할 일이 무엇이 있을까 고민해본다.

**그리고 사랑은 뒤돌아서면 먼지가 가득 덮은 상가의 간판처럼
퇴색되어버린다는 것도 신기하다. 그러면 다시 재개발을 해야
되겠지. 새로 짓고 퇴색되면 다시 지으면서.**

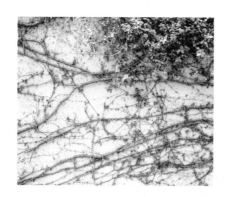

집에서 이갈비(임연수어 구이) 맛있게 만들기

어린 시절 밥상에 올라온 얼룩무늬를 한 생선은 왠지 사람 이름 같아서 쉽게 잊히지 않았다. 임연수어 또는 임연수라 불리는 이 생선의 공식 표기는 임연수어지만, 지방에 따라서 이면수, 이민수, 새치, 청새치, 가르쟁이, 다롱치, 횟데기 등으로 불린다. 바삭하게 구운 껍질이 너무 맛있어서 어느 부자가 매 끼니 구운 껍질만 먹느라 3년 만에 가산을 탕진했다는 이야기가 전해질 정도로 껍질이 맛있는 생선으로 유명하다. 임연수어는 간장에 찍어 먹어도 좋고 상추에 임연수어와 고추장을 올려 먹는 것도 맛있다.

재료(2인분)

임연수어 1마리, 녹말가루 약간, 식용유 약간, 굵은 소금과 후추 약간

만들기

1 임연수어는 배를 갈라 내장을 제거하고 깨끗하게 씻어 손질한 후 등이 붙어 있게 펼친다. 소금과 후추를 뿌린 후 1시간 정도 둔다.

2 키친타월로 물기를 살짝 닦아낸 다음, 양쪽 면에 녹말가루를 묻힌다.

3 식용유를 두른 팬에 임연수어의 껍질이 바닥으로 가게 해서 센불로 굽다가 생선이 익기 시작하면 중불로 줄여 노릇하게 굽는다.

4 뒤집어서 한쪽 면도 중불로 노릇하게 굽는다.

※ 손질된 임연수어를 구입할 경우에는 간이 되어 있는지 확인한 후 간을 한다.

뭔가 사연이 있는 안타까운 커플과
설탕이 듬뿍 들어간

토스트

인생의 슬픔을 모르면
아무도 사랑을 모르리

한 드라마에서 철길을 뚜벅뚜벅 걸어가는 커플의 장면이 나온 적이 있었다.
체념한 듯 어깨가 축 처진 상태로 적당한 거리를 두고 걸어가는 커플의
모습이 보이고 누군가가 회상하는 듯 이런 대사가 나왔다.
"참 안타까운 커플이었어요. 내비치진 않았지만 뭔가 사정이 있어 보였죠."
범죄 드라마인 것 같은데 제목도 생각나지 않는다. 다만 이 장면만은
또렷하게 기억한다. 적당한 거리를 두고 철길 위를 건너는 남녀 그리고
안타까운 커플이라는 대사. 이 조합이 나에게 무언가 무너지게 만들었던 것
같다. 기억을 더듬어보면 여자는 호스테스, 남자는 범죄 조직원.

드라마 내용은 까마득하게 잊었는데 오로지 철길을 건너는 남녀와
안타까운 커플이라는 대사는 이상하게도 적절하게 조화가 이뤄져 내
머릿속에 깊이 각인되었다.

그때 내가 누군가를 사랑했던가, 아니었던가. 그 속에 무언가 깊이 연관된
내용이 있었냐고 하면 나는 아주 평범한 소시민이다. 지금은 그 사랑의
기억마저 가물가물한데 철길, 기차, 허름한 무언가를 보면 그 장면과
대사가 떠오른다. 그리고 창동도 떠오른다. 창동의 1호선은 왠지 그 철길을
생각나게 한다. 창동하면 다시 할머니토스트가 생각난다.

5월 간만에 찾아간 할머니토스트 작은 포장마차 안은 고소하면서도
짭조름한 마가린 냄새와 후끈거리는 열기로 가득 차 있었다. 이제
겨우 5월인데 벌써부터 이런 열기라면 한여름 더위는 엄청날 것이다.
나도 모르게 "여름에는 많이 더우시겠어요"라는 걱정 섞인 한마디가
튀어나오고 할머니가 아니라 할머니의 며느리가 토스트를 만들어주면서
대답했다. "네. 많이 더워요." 며느리의 대답을 들으신 건지 못 들으신 건지
할머니는 옅은 미소만 띠우고 있었다. 그 모습이 어찌나 평온해 보이던지
날씨 정도는 초탈한 고수의 모습 같다.

할머니는 24년간 창동 한켠에서 수백 번의 더위와 추위를 참으며 토스트를
구웠다. 좀더 그럴싸한 가게를 빌려 영업할 수도 있었을 텐데 1평 남짓한
콘테이너 안에서 오로지 철판에 마가린을 녹이며 토스트를 구웠던 것이다.
한편으로 존경심이 들었지만 또 다른 한편으로 안쓰러운 마음도 밀려왔다.
뭔가 사정이 있겠지 싶어 그 내막을 물어보기도 겁이 날 정도로 할머니는
84세의 고령이다.

지금은 아픈 어깨와 쇠약해진 건강 탓에 직접 토스트를 굽지는 못해
며느리가 대신하지만 어김없이 오전 9시가 되면 콘테이너로 향한다.
토스트를 굽는 며느리의 곁에서 눈과 손을 한시도 쉬지 않고 움직이시며
철판의 온도가 과하거나 부족하지 않도록 불의 온도를 조절하고, 주문이
들어오면 채소가 담긴 반죽 컵에 달걀을 깨 넣어 간을 해주신다.

그러면 며느리는 그 컵을 받아 채소와 달걀이 잘 섞이도록 집게로 힘차게
휘휘 젓는다. 귀가 잘 들리지 않아 손님의 주문을 정확하게 받지 못하지만
며느리가 부쳐내는 토스트를 보면 재빠르게 포장 봉지를 준비하신다.

할머니토스트의 특징인 빵 크기의 1.5배는 더 되는 달걀부침은 부쳐지는
모습을 보기만 해도 배부르다. 달걀부침엔 채 썬 양배추, 부추, 당근, 양파,
오이 등이 들어가 채소를 듬뿍 먹을 수 있다.

옛날토스트에는 버터 대신 마가린을 써야만 그 본연의 맛을 재현할 수
있다. 우리가 그 맛에 길들여졌기 때문이겠지만 추억의 맛은 몸에 좋든
좋지 않든 혀가 기억하는 법이다.

마가린 특유의 향을 입은 노릇하게 구워진 식빵 위로 녹두전만 한
달걀부침이 올라가고 설탕이 화끈하게 뿌려진다. 그 위로 케첩이 포물선을
그리며 뿌려지고 마가린 향을 입은 노릇한 식빵을 덮으면 한 끼로도 거뜬한
창동 할머니토스트가 완성된다.

24년 전 1,300원에 팔기 시작해 200원을 올려 1,500원에 팔아오다가
2017년 2,000원에 팔기 시작했을 때, 손님들은 당연하게 받아들였지만
정작 할머니는 미안해하셨다. 오히려 단골손님이 가격을 올리라고
권하기까지 했다. 없는 살림으로 할아버지와 시작한 토스트 장사였지만
토스트로 배를 채워야 하는 사람들의 상황을 생각해 크게 만들고 저렴하게
팔았던 토스트를 지금까지 그대로 만들고 있다.

유튜브에서 창동 할머니토스트의 영상을 보면 프로의 향기가 느껴질 만큼 군더더기 없는 손놀림으로 토스트를 굽고 계신다.

드라마 속 이야기지만 왠지 현실로 느껴져 나도 모르게 감정이입을 했던, 그리고 지금도 하고 있는 안타까운 커플과 토스트는 어울리지 않아 보이지만 막연하게 오버랩되는 것은 내가 확대해석하는 것인지도 모른다. 다만 누군가가 모든 사랑은 남는 장사라고 했는데, 왠지 남지 않는 장사도 있을 것 같다는 생각이 든다.

철길 위를 건너는 남녀가 평범하게 사랑을 하고 결혼을 하고 아이를 낳고 잘 키우다 백발이 되는 모습이 되기를 바랐던 나의 마음이 너무 철모르는 사람의 바람이지 않을까 하는 자책도 드는 것은, 사랑엔 아픔이 없으면 존재하지 않는다는 어느 시인의 시 한 구절이 떠오르는 탓도 있다.

집에서 옛날토스트 맛있게 만들기

친구들과 공원에서 뛰어놀다 배에서 신호가 오면 돈을 모아 허기진 배를 채웠던 옛날토스트. 지금도 역 주변의 콘테이너 앞에는 옛날토스트를 먹기 위해 줄을 서 있는 직장인들의 모습은 흔히 볼 수 있는 풍경이다. 그 맛을 집에서 재현해보자.

재료(2인분)

식빵 4장, 달걀 4개, 양배추 4장(약 50g), 양파 1/4개, 부추 25g, 당근 1/6개, 설탕 2큰술, 소금 1/2작은술, 케첩 2큰술, 마가린

만들기

1 볼에 달걀을 풀고 설탕 1/2큰술, 소금을 넣어 가볍게 섞는다. 여기에 채 썬 양배추, 양파, 부추, 당근의 반을 넣고 골고루 섞어 달걀 반죽을 완성한다.

2 프라이팬에 마가린을 바르고 달걀 반죽을 넣는다. 아랫면이 노릇하게 구워지면 남은 채 썬 채소를 올리고, 조심스럽게 뒤집어 반대편도 노릇하게 굽는다.

3 마가린을 바른 프라이팬에 식빵의 양면을 노릇하게 굽는다.

4 식빵 → 달걀부침 → 남은 설탕 1/2큰술 → 케첩 → 식빵 순으로 올려 토스트를 완성한다.

※ 토스트를 삼각형으로 접어 종이컵에 담으면 들고 먹기에 편하다.

사랑이라는 감정의 파도가
몰아칠 때

장어덮밥

울컥하다가도 웃을 수 있는 것은
사랑이 있기 때문

사랑은 변한다. 순간순간 변하기도 하고, 오랫동안 유지되다
한순간에 배가 전복되듯 변하기도 한다. 사랑은 감정이기 때문에
내 맘이 어제와 다르고, 오늘이 내일과 다르듯 때때로 변하는 것이다.
오랫동안 한 감정이 지속되는 커플은 흔하지 않다. 나는 없다고 생각한다.
순간순간 변하는 사랑이라는 감정을 한 감정으로 옭아매기 위해 노력하는
것뿐이라고 믿고 싶다.
물론 사람의 감정이라는 것은 너무나 오묘해서, 비겁할 정도로 오묘해서
이 생각 또한 내일은 바뀔지도 모른다.

특히 사랑은 과정이 더 힘들다. 서로의 마음을 확인하고 관계를 정립하고 오늘부터 연인이라는 칭호가 붙은 순간부턴 모든 게 안정적인데 그다지 별것 아닌 것처럼 보이는 그 흔하디흔한 칭호가 붙기 전까진 수없이 많은 갈등을 해야 하고, 수없이 많이 의견 조정을 해야 한다. 수없이 청문회에 서서 사실 확인을 받고 추궁을 받다가 제대로 의견 조정이 이뤄지지 않으면 그 자리에서 끝나버린다. 누군가가 연인 관계가 끝났을 때보다 썸이 끝났을 때가 더 힘들다는 말을 하던데, 그 말도 일리는 있다.

뭔가 해보지도 못하고 제대로 사랑을 주지도 받지도 못하고 서로 엎치락뒤치락 속만 들쑤시다가 끝나버렸으니 그 허탈함은 오죽할까.

그럼에도 우리가 그 힘든 과정을 극복하고 사랑의 완성을 보고자 하는 것은 그것만큼 사람의 기를 살리는 것도 없기 때문일 테다. 둘만이 나누는 감정의 파도는 어느 날은 세찼다가 어느 날은 평온해지겠지만 그 안에서 나누는 교감은 우주가 멸망해도 다시 한 번 느끼고 싶은 파동이다.

난 왠지 사랑의 기운이 막연하게 피어오를 때면 튀김을 먹으러 간다. 왜인지는 모른다. 그저 튀김의 바삭함과 먹다 보면 절로 느껴지는 느끼함 때문에 사랑이 떠오르는 것인지도.

튀김은 신발을 튀겨도 맛있다라는 말이 나올 정도로 매혹적이다.
내 주변인들은 내가 위가 작아 많이 먹지 않는데도 살이 찌는 이유는
튀김을 좋아하기 때문이라고 말한다. 슬프게도 그 말을 부인할 수 없을
정도로 난 각종 튀김을 좋아한다. 특히 하얀 쌀밥 위에 튀김을 올린
튀김덮밥을 좋아한다. 처음부터 튀김덮밥을 좋아한 것은 아니다. 한
가게에서 먹었던 새우튀김덮밥은 최악이었다. 바삭하게 솟아 있어야 할
새우튀김이 흐물흐물 늘어져 있는 것은 그렇다 치더라도 너무나 달달한
소스가 밥 위에 끼얹어 있어 나도 모르게 포기를 선언했다. 그 다음부터는
튀김덮밥을 잘 먹지 않게 되었는데 일본에서 생활하던 시절 다이코쿠야의
덮밥을 맛보면서 다시 새롭게 사랑하게 되었다.
일본은 지하철에 랭킹숍이 있을 정도로 순위 매기기를 좋아해 한 유명
사이트에선 매주 요리별 레스토랑 랭킹이 올라왔다. 주말이면 덮밥 맛집
랭킹을 확인하고 찾아가서 맛보는 것이 그때의 큰 낙이었다.

일본에선 튀김덮밥을 텐동이라고 한다. 그 맛을 재현하는 곳이 신촌에
있는데 오너 셰프의 탄생목인 편백나무를 뜻하는 히노키와 열심히 한다는
공방을 붙여 상호를 만들었다. 셰프 혼자서 요리를 하기 때문에 손님이
많을 때에는 기다림의 시간이 필요하다. 고소한 기름 냄새를 맡으며 즐겁게
기다리다 보면 장어 덮밥과 샐러드, 된장국, 단무지, 김치가 나무 트레이에
위에 정갈하게 나온다.

기쁨을 감추지 못하고 통째로 튀겨진 장어 튀김 위에 진한 소스가 뿌려진 것을 보고 있자니 친절하게 직원이 가위를 들고 나타나 장어 튀김을 한입 크기로 잘라준다. 개인적으로 튀김은 입으로 베어 먹어야 제 맛이라 생각하지만 튼실한 장어 한 마리를 입으로 베어 먹는 것도 미관상 좋지 않으니 직원의 도움을 받는 것도 적절한 듯 싶다.

가위로 싹둑 잘릴 때마다 보이는 장어의 두툼한 살을 재빠르게 입으로 가져가 바삭한 튀김옷을 깨물면 고소한 기름의 향이 입안에 급속도로 퍼진다. 두툼한 장어가 순식간에 입안에서 사르르 녹아내리고 마무리로 달짝지근하면서도 짭조름한 묵직하고 진한 소스의 여운까지 합쳐지니 행복한 내적 비명이 절로 나온다.

동행이 있다면 장어덮밥 하나, 새우덮밥 하나를 주문해서 나눠 먹어도 좋다. 흔히 먹는 덮밥과는 다른 에도풍 덮밥을 맛볼 수 있는 곳으로 익숙하지 않은 소스 맛 때문에 호불호가 갈리기도 한다. 하지만 나는 그 점 때문에 이곳의 존재가 고맙다. 일본에서 스승이 싸준 씨간장 소스를 밑천으로 시간을 들여 만드는 이곳의 소스가 좋고 번거로움을 감수하는 신념이 좋다.

쓰면 뱉고 달면 삼키는 게 사랑이라고, 내 사랑이 결코 완성을 의미하지는 않겠지만 난 튀김덮밥을 먹으면서 한층 부풀어오른 마음에 정직해지기로 다짐했다.

때론 너무 바삭해서 부스러지더라도, 때론 너무 느끼해서
톡 쏘는 사이다를 찾을지 모르더라도, 지금 이 순간 나에게
천천히 다가오려는 느낌을 막지는 않을 것 같다.
사랑은 선택 불가란다.

선택했다고 사랑을 쟁취하는 것도 아니고 선택하지 않았다고 사랑 밖으로
빠져나올 수 없으니, 그저 우리는 그 안에서 교감에 최선을 다하고 사랑이
끝날 때까지 내 태도가 변하지 않도록 다스리는 수밖에. 사랑은 잘못한 게
없다고, 사람이 잘못된 거지, 라는 자책을 하지 않도록.

집에서 장어덮밥 맛있게 만들기

민물장어보다 훨씬 저렴하면서 맛은 비슷한 바닷장어는 민물장어보다 좀 더 살이 부드럽다. 다만 잔가시가 많고 쫄깃한 식감이 덜하다. 민물장어의 쫄깃한 식감을 선호한다면 민물장어를 사용해도 되지만 개인적으로 바닷장어의 부드러운 식감과 바삭한 튀김옷의 조화를 좋아한다. 장어에 대한 거부감이 있다면 대하를 사용해보는 걸 권한다. 다 귀찮다면 냉장고에 있는 채소를 꺼내 텐동을 만들어보는 것도 한 방법이다.

재료(2인분)

손질한 바닷장어 2마리(40cm 내외), 꽈리고추 4개, 청주 적당량, 밥 2공기, 밀가루 적당량(종류 상관없음), 튀김가루 230g, 냉장고에 넣어 둔 물 500ml, 식용유 적당량
덮밥 소스 : 가쓰오부시 한 움큼, 간장 4큰술, 미림 1큰술 반, 설탕 1큰술 반, 물 300ml

만들기

1 손질한 바닷장어에 청주를 뿌려서 30분 정도 두었다가 키친타올로 수분을 제거한다. 꽈리고추는 꼭지를 떼고 이쑤시개로 구멍을 낸다. 바닷장어와 꽈리고추에 밀가루를 얇게 묻힌다.

2 냄비에 물을 넣고 끓어오르면 불을 끈다. 가쓰오부시를 넣고 2~3분간 우린 후 제거한다. 간장, 미림, 설탕을 넣고 끓이다 2/3 정도 줄어들면 덮밥 소스 완성이다. 약불로 줄여 뭉근히 끓이며 온도를 유지시킨다.

3 볼에 튀김가루와 물을 넣고 섞어 튀김 반죽을 만든다.

4 바닷장어와 꽈리고추를 튀김 반죽에 묻혀 180도로 예열한 기름에 넣고 5~7분간 노릇하게 튀긴다.

5 그릇에 밥을 담고 소스를 살짝 뿌린다. 튀긴 바닷장어와 꽈리고추를 올린 뒤 그 위에 다시 한 번 소스를 뿌린다.

※ 바닷장어가 너무 길어 통으로 튀기기 어렵다면 반으로 잘라서 튀긴다.

CHAPTER 3

LONELINESS

孤寂

비로소,
혼자가 되었다

사계절 청국장,
여름 콩국수

콩국수

뒤늦게 알아차린 무언가가,
시간의 흐름 속에 묻혀버렸다, 다시 찾을 수 있을까?

집안 가득 특유의 구린내가 잔뜩 밴 꼬리꼬리한 냄새가 퍼지는 날이면
밥상에 앉기를 거부하던 어린 시절이 있었다. 하지만 어른이 되어 그 맛에
익숙해지게 되니, 이제는 오랜 친구를 만난 편안함을 느끼기 위해 찾기까지
하게 되었다. 뒤늦게 청국장의 맛에 눈이 뜨였지만 야속하게도 엄마는 더
이상 집에서 청국장을 끓이지 않는다.
집안에서 청국장 냄새가 사라진 것은 해마다 정성스레 청국장을 띄워서
보내주시던 외할머니가 우리 곁을 떠나시고 나서부터였던 것 같다.

외할머니가 떠난 후, 엄마는 즐겨하시던 음식을 더 이상
만들지 않으셨다. 혼자 버려졌다고 생각했던 것일까? 아니면
비로소 혼자가 되었다고 생각했던 것일까?

나도 엄마와 마찬가지겠지. 엄마가 내 곁을 떠나가면 나도 더 이상 만들지
못하는 음식이 있을 것이다. 엄마의 청국장이 그리울 때면 찾아가는 집이
있다. 이곳은 청국장이 아니라 콩국수가 더 유명하다. 1981년 공릉 2동에서
손두부 가게로 시작해서 1987년 지금의 자리로 확장 이전했는데 국산 콩을
재료로 청국장, 콩국수, 콩탕, 두부찌개, 두부보쌈 등의 다양한 메뉴를
판매하는 콩 요리 전문점이다.

오래된 가게임을 짐작케 하는 외관과 손때 묻은 소품으로 채워진 이곳은
혼자서도 부담 없이 편안하게 식사를 즐길 수 있다.
특히 이곳의 고추부각은 바삭하게 튀겨 입맛을 돋우는데 가평 농장에서
직접 재배한 고추를 따서 만든다고 한다. 콩국수를 먹으러 왔다가 반해버린
이곳의 청국장은 뚝배기에 담긴 채 보글보글 끓여서 나오는데 나오는
순간부터 꼬리꼬리한 청국장 냄새가 매장에 은은하게 퍼진다.
청국장 특유의 구린내를 줄이고 구수한 맛을 살리기 위해 국산콩을
볏짚 위에 3~4일간 띄워 청국장을 만든다. 그 덕분에 진한 맛이 아니라
마일드하고 구수한 맛의 목 넘김이 좋다.

탱글탱글 살아 있는 콩이 부드럽게 씹히는 식감과 맛은 그냥 먹어도 좋지만 밥 위에 듬뿍 얹어서 슥슥 비벼 먹으면 한 그릇 뚝딱하는 건 일도 아니다.

넉넉히 들어간 두부는 하룻밤 물에 불렸다 매일 아침 전기 맷돌에 갈아 직접 만드는데 야들야들하면서도 탄력이 있어 입안에서 부드럽게 뭉개지며 고소한 맛이 퍼진다. 첫 한입의 감동보다 한 숟가락 한 숟가락 먹을수록 고소함과 감동이 배가 되는 뚝심 있는 청국장이다.

이곳의 콩국수는 입소문이 자자할 정도로 맛있어서 매년 여름을 기다리는 이유 중 하나가 되었다.
시각적으로도 시원해 보이는 유리 대접에 단아하게 담겨 나오는 콩국수의 첫인상은 참 '예쁘다'였다. 노란색이 감도는 불투명한 콩물에 녹색과 흰색이 섞인 면을 말아 채 썬 오이를 얹고 통깨를 솔솔 뿌린 것이 전부지만 식욕을 돋게 한다.

100% 국산콩이라는 말이 얼마나 그리웠던가. 콩 이외에는 어떤 재료도 들어가지 않은 진득한 콩물. 그 자체로 그냥 신선하고 고소하다. 주문과 동시에 하룻밤 물에 불린 콩을 갈아 콩물을 만들기 때문에 고운 거품이 몽글몽글 올라오는 것이 보인다. 진한 고소함 덕에 간이 따로 필요 없다, 라고 말하고 싶지만 그것은 어디까지나 취향이다.

이 집의 콩국수의 특징이라면 차갑지 않다는 것이다.

우유 거품 같은 부드러움보다는 진짜 콩을 갈아 먹는 느낌을 확실하게 느낄 수 있는 입자감이 살아 있는 콩물이다. 웬만하면 그릇의 바닥을 볼 정도로 먹지 않지만 진하고 고소한 콩물은 단 한 국자도 남길 수가 없다. 든든하게 배를 채우고 나오는 길엔 내일까지 콩국수의 여운을 이어갈 콩물이 항상 손에 들려 있다. 누군가가 떠나가서 다시는 그 음식을 먹지 못한다는 것은 말로서는 표현 못할 상실감이 몰려온다.

다만 그것을 대체하는 무언가가 있어 지금도 살아가는 거겠지.

집에서 콩국수 맛있게 만들기

무더운 여름날이면 온 가족이 거실에 둘러앉아 선풍기 바람을 쐬며 먹던 콩국수. 콩국수는 콩국만 제대로 만들면 일사천리로 요리할 수 있는데 콩국에 잣과 땅콩, 통깨를 갈아넣으면 고소함이 배가 된다.

걸쭉한 콩국에 국수를 넣어 시원하게 먹는 대신 우뭇가사리를 넣어 콩국수처럼 즐기기도 한다. 흔히 먹는 소면 대신 옥수수면을 넣으면 쫄깃한 면의 식감과 부드러운 콩국의 조화가 훌륭하다. 특히 옥수수면은 찬 육수와 잘 어울리며 잘 퍼지지 않아 마지막 한입까지 쫄깃한 면의 식감을 즐길 수 있다. 전라도에서는 팥죽과 마찬가지로 콩국수에 설탕을 넣어 먹기도 하는데 서울에서는 소금을 넣어 먹는 것이 일반적이다.

재료(2인분)

옥수수면 200g, 오이 1/2개, 방울토마토 4개, 얼음 4~6개, 검은깨 약간

콩국 : 백태 100g, 생수 2컵, 잣 2큰술, 땅콩 2큰술, 통깨 2큰술, 소금 1작은술

만들기

1 백태는 물에 담가 여름철에는 6시간, 겨울철에는 8~10시간 동안 불린다. 이렇게 불리면 백태가 2배 정도로 불어난다.

2 불린 콩은 물에 한 번 씻는다. 냄비에 불린 콩과 콩이 잠길 정도의 물을 넣고 뚜껑을 덮은 상태로 삶는다.

3 물이 끓기 시작하면 중불로 줄여 끓이다가 끓어오르면 불을 끄고 뚜껑을 덮은 채로 3분간 그대로 둔다. 삶은 콩을 흐르는 물에 씻어 떠오르는 콩 껍질을 제거하고 체에 밭쳐 물기를 뺀다.

4 오이는 돌려 깎아 채 썰고 방울토마토는 꼭지를 떼고 반으로 자른다. 잣은 중불로 달군 마른 팬에 약 5분간 노릇하게 볶는다.

5 믹서기에 통깨와 잣, 땅콩을 넣고 간 후 삶은 콩을 넣고 생수를 조금씩 부어가며 곱게 갈아 콩국을 만든다.

6 그릇에 옥수수면을 삶아 담고 콩국을 붓는다. 방울토마토와 얼음을 얹고 검은깨를 뿌린다.

※ 취향에 따라 소금이나 설탕으로 간한다.

남대문을 가야 할
이유 중 하나

호떡

복잡한 문제로 골머리를 앓아도
내 입은 무언가의 씹음을 원한다

가즈오 이시구로의 소설 『나를 보내지 마』는 복제 인간에 대한 이야기다.
존재해서는 안 되는, 하지만 보다 고차원적이라고 생각하는 사람들을 위해
존재해야 하는 그들의 복잡한 인권 문제를 담았는데 난 남대문 호떡을
보고 이 소설이 생각났다. 노르스름한 둥근 호떡이 주르르 놓여 있는
모습을 보면 복제인간이 보이지 않는 사각 틀에서 꿈을 꿔서는 안 되는
날들을 기다리며 갇혀 있는 모습이 생각난다.

그리고 여기서 하나의 모순이 발생한다.
내 머릿속은 심도 깊은 복제 인간에 대한 인권을 생각하면서, 내 입맛은
호떡의 단맛과 짠맛을 그리워한다는 것이다. 인간이라는 동물은 알다가도
모를 존재라 그런지도.

직업 특성상 남대문 가는 일이 많다. 푸드스타일리스트라는 직업은 눈앞에
보이는 음식이 최대한 먹음직하게 보이도록, 그리고 아름답게 보이도록
매만지는 일을 해야 한다. 그래서 음식에 어울리는 소품을 찾는 일이
많은데 그럴 때마다 꼭 들르는 곳이 남대문이다.

이때는 오로지 혼자가 되어 음식 데코레이션을 생각하며 열심히 소품
찾기에 열중한다. 그렇게 한참을 매몰되어 있다 정신차려 보면 배고픔에
허덕이는 날 발견하게 된다.
이때 급히 먹는 것이 남대문 호떡이었다.

음식 솜씨가 좋던 엄마는 내가 초등학교를 입학할 무렵 시장에서
반찬가게를 하셨다. 학교가 끝나기가 무섭게 엄마의 가게로 달려가 잔돈을
받아들고 찾아간 곳은 근처 호떡집. 1평 남짓한 작은 가게에서 365일
호떡을 지지던 아주머니는 「생활의 달인」에 나와도 부족함이 없을 정도로
빠르고 예쁘게 호떡을 빚어내셨다. 어린 마음에 파란색 플라스틱 큰
바스켓에서 빼꼼하게 나온 이불솜처럼 하얀 호떡 반죽을 보며 어떻게 하면
저렇게 빚을 수 있을까 하는 호기심이 일어 물어봤지만 아주머니는 웃기만
하셨다. 어린 꼬마아이에게 반죽의 밀도를 설명하기엔 무리였을지도.

157

어릴 적 습관이었을까. 남대문에 가면 그 유명하다던 호떡을 먹지 않고서는 배길 수가 없다.

그날 사야 할 품목들이 다 구입하고 난 뒤의 뿌듯함을 호떡으로 채우다 보면 나도 모르게 '호떡'이라는 이상야릇한 음식물에 대한 호기심이 인다. 설탕과 밀가루, 기름의 조합에 땅콩 부스러기가 더해지면 고소함까지 느껴지는 맛. 극기야 당면까지 넣어 야채호떡이라는 최대의 극한점을 만들어버리고만 호떡의 발전사는 여기서 멈추지 않을 것 같다.

어릴 적 그 재래시장의 호떡집에서 나는 야채호떡만 먹었다. 마가린으로 구워 더욱 고소하고 바삭한 겉 표면과 잘 발효된 반죽의 푹신함, 탱글탱글한 당면과 단맛 나는 채소를 아우르는 간장의 감칠맛은 놀랍게도 지금까지 기억이 생생하다. 가게 자리가 재건축되면서 아주머니의 호떡은 사라져버렸지만 분명 어딘가에서 다시 장사를 시작할 수도 있으련만 나는 아직도 그 아주머니의 호떡집을 발견하지 못했다. 하지만 남대문에 가면 그 맛을 조금이라도 느낄 수 있다.

이곳 호떡의 특이점은 호떡을 튀긴다는 점인데, 호떡 높이의 반은 올라오는 기름의 양에 한 번 놀라고 기대 이상의 맛에 또 한 번 놀라게 된다. 노릇하게 호떡이 튀겨지면 바로 먹을 수 있도록 종이컵에 담아주신다. 기름에 튀긴 호떡이라 느끼할 거라는 예상과는 달리 담백하고 간도 적절하다.

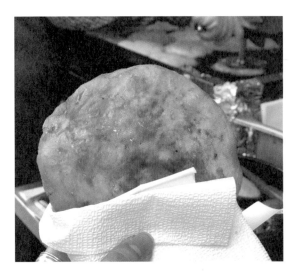

'바삭' 하는 효과음이 들릴 만큼 바삭한 겉면과 당면의 탱글탱글한 식감은 추억의 야채호떡을 떠올리게 한다. 야채호떡에 발라주는 간장소스는 사과, 대추, 꼬마 파프리카, 청양고추, 타이 고추 등이 들어가 간은 물론 느끼함까지 잡아준다.

현재 이 호떡집은 중국인과 일본인들이 줄 서서 먹는 인기 맛집이 되어버렸다. 일본으로 유학을 떠나기 전 먹었을 때는 아주머니 혼자서 고군분투하며 호떡을 구웠는데 이젠 3인 분업화 체제가 되더니 줄을 서지 않으면 먹지도 못할 만큼의 인기를 누리는 곳이 되어버린 것이다. 그리고 외국에서 친구들이 오면 꼭 데려가야 하는 코스가 되었다.

오후에 찾아가면 재료 소진으로 문이 닫힌 날이 부지기수고, 한여름에도 길게 늘어선 줄에 합류해야만 야채호떡을 손에 쥘 수 있다. 이런 상황에도 아주머니는 욕심내지 않고 새벽에 숙성시킨 반죽만을 사용해 그 맛을 유지시킨다. 다만 점점 입지가 작아지는 꿀호떡은 그 맛이 조금 변한 듯해 아쉽다.
이런 상황을 지켜보며 이곳을 소개한 방송사를 원망도 해보았다. 그러나 나 역시 맛있는 곳을 발견하면 주변에 알리고 싶어 안달하는 사람이 아닌가.

내게 특별한 음식이 다른 사람들에게도 특별한 음식이 되고, 그 맛이
공유된다는 것이 얼마나 기쁜 일인지 알기에 방송사 원망은 더 이상 하지
않기로 했다. 아주머니를 생각해서도 장사가 잘 되는 것은 좋은 일이니깐.

다만, 지극히 이기적인 희망사항이 있다. 갑자기 다른 지역으로 이사하는
일은 없었으면 한다. 촬영 소품을 구하기 위해 남대문을 찾을 때, 일과
별개로 느끼는 큰 즐거움이 이곳 남대문 야채호떡을 먹는 것이니 그 소소한
사치를 누리지 못하는 일만은 일어나지 않길 바랄 뿐이다.

집에서 꿀치즈호떡과 야채호떡 맛있게 만들기

집에서 호떡을 만들 때면 항상 야채호떡과 치즈 꿀호떡 두 가지 버전으로 만드는데, 야채호떡만큼이나 치즈 꿀호떡도 반응이 좋다. 시간이 지나면 치즈가 굳어버려 맛이 떨어진다는 단점이 있지만, 굽는 즉시 먹는다면 이보다 훌륭한 조합은 없다는 생각이 들 것이다.

재료(2인분)

호떡믹스, 꿀호떡 소, 모차렐라 치즈, 야채호떡 소, 식용유 약간, 마가린

야채호떡 소 : 당면 한줌, 양파 1/4개, 당근 1/4개, 부추 약간, 다진 마늘 1작은술, 간장 1큰술, 설탕 1/2큰술, 후추 약간

야채호떡 소 만들기

1 프라이팬에 기름을 두르고 마늘을 넣어 볶는다. 마늘의 향이 나기 시작하면 당근, 양파를 넣고 볶는다.

2 양파가 투명해지기 시작하면 불린 당면과 부추를 넣고 볶다가 간장, 설탕, 후추를 넣어 야채소를 완성한다.

만들기

1 볼에 호떡믹스를 넣고 분량의 물(60도)에 희석한 이스트를 넣어 한 덩어리로 뭉쳐질 때까지 손으로 반죽한다.

2 랩을 씌워 실온에 10분간 발효시킨 후 식용유를 바른 손으로 반죽을 떼어내 둥글리기를 한다.

3 둥글리기 한 반죽을 펼쳐 야채호떡 소를 채우고 꼼꼼히 여민 후 여민 부분이 아래쪽을 향하도록 하여 마가린을 넉넉히 두른 프라이팬에 앞뒤로 노릇하게 굽는다.

4 같은 방법으로 반죽을 펼쳐 호떡믹스 안에 들어 있는 꿀호떡 소와 모차렐라 치즈를 각각 한 스푼씩 채우고 꼼꼼히 여민 후 여민 부분이 아래를 향하도록 하여 마가린을 넉넉히 두른 프라이팬에 앞뒤로 노릇하게 굽는다.

내 곁에 있었던 그들,
내 곁에 있는 그들이 그리울 때

사라다빵

다 함께 살았던 시절이 있었다,
지금은 혼자서 산다

할머니와 부모님 그리고 4남매. 3대가 살던 우리 집의 서열 꼴찌는 나였다.
막내라는 이유로 온갖 잔심부름이 주어지는 것이 불공평하다며 불만을
표하고 때때로 반항도 했다. 그런 내가 유일하게 자진해서 간 심부름은
'간식 사오기'였다. 3대가 사는 만큼 입맛이 제각각이어서 하나로 통일되기
어려운 우리집에 딱 맞는 곳은 걸어서 30분 거리의 용문시장에 있는 작은
도넛 가게였다.

그곳에 가면 할머니가 좋아하시는 고기만두가 있고 엄마가 좋아하는
김치만두가 있다.

아버지가 좋아하는 각종 도넛과 큰언니, 큰오빠가 좋아하는 꽈배기가 있고 작은오빠가 좋아하는 핫도그도 있다. 물론 내가 좋아하는 사라다빵도 있다.

심부름 하는 사람만이 누릴 수 있는 특권으로 내가 좋아하는 사라다빵을 먼저 주문해 먹다 보면 주문한 음식이 두 개의 검은 봉지에 두둑이 담겨 나온다. 양손에 봉지를 하나씩 들고 전속력을 다해 집을 향해 달려가면 오랜 기다림에 지친 가족들이 내가 아닌 검은 봉지를 바라본다. 그러면 나는 내가 만든 음식인 양 신이 나서 음식을 꺼내고, 꺼내진 음식은 눈 깜짝할 사이에 사라져버린다.

그때는 대수롭지 않던 그 평범한 순간이 지금은 몇 번이고 꺼내서 보고 싶은 앨범 속 사진처럼 그립고 그리운 순간이 되었다.

고기만두를 사다 드리고 싶은 할머니도 도넛을 사러 함께 오고 싶은 아버지도 지금은 함께 하지 못하지만 그나마 작은 위로가 되는 것은 그 순간을 함께 공유하는 용문시장 비젼만두가 아직도 존재한다는 점이다.

내가 좋아하는 사라다빵은 시대의 흐름에 따라 흔한 빵에서 귀한 빵이
되었지만 여전히 이곳의 대표 메뉴이다. 태극당의 사라다빵처럼 오븐에
구운 빵을 가른 후 달걀, 양배추, 감자, 당근, 소고기 등의 재료로 채운
묵직한 사라다빵도 좋지만 개인적인 취향은 튀긴 빵에 양배추, 당근, 오이,
소시지로 속을 채운 가볍고 시원한 맛의 사라다빵이 더 좋다. 하얀 냅킨을
옷처럼 입고 앉은 폭신한 빵 사이로 씹히는 마요네즈에 버무린 채소는
시원하고 아삭하며 향기롭다. 꼬불꼬불 뿌려진 케첩은 느끼함을 잡아주는
중요한 역할을 톡톡히 한다.

엄마가 좋아하는 김치만두가 사라졌지만 할머니가 좋아하던 고기만두는
먹음직스러운 자태를 뽐내고, 핑크색 플라스틱 바구니에 한 바퀴 굴렀다
나온 찹쌀도넛은 여전히 쫀득하다. 단팥빵과 꽈배기, 핫도그, 고로케,
찐빵까지 겨울철 간식을 책임지고 있는 먹거리가 이곳에 다 있다.

그리운 순간, 그리운 얼굴이 떠오르면 난 그곳을 찾아간다.
그리고 그리운 맛을 맛보며 내 곁에 있었던 사람들에게,
그리고 내 곁에 있는 사람들에게 고마움을 전하고 싶다.

집에서 사라다빵 맛있게 만들기

샐러드빵이 아닌 사라다빵이라 불러야 하는 그 시절 우리가 사랑했던 빵을 집에서 만들어보자. 식빵이나 모닝빵을 활용하면 번거로운 과정을 패스할 수 있다. 버터의 풍미와 바삭한 식감이 살아 있는 크루아상이라면 더 잘 어울릴 수 있다. 취향에 따라 사과나 슬라이스햄을 채 썰어 속재료에 첨가해도 잘 어울린다.

재료(2인분)

식빵 4장, 밀가루 적당량, 달걀 1개, 빵가루 약간, 양배추 2장, 당근 1/4개, 오이 1/4개, 마요네즈 2~3큰술, 설탕 1작은술, 소금과 후추 약간, 식용유 적당량, 케첩 적당량

만들기

1 식빵의 가장자리를 자르고 밀가루, 달걀, 빵가루 순으로 묻혀 170도로 예열한 기름에 튀긴다.

2 튀긴 식빵을 튀김망에 올려 식히는 동안 양배추와 당근을 채 썰고, 오이는 슬라이스한다.

3 볼에 양배추, 당근, 마요네즈, 설탕, 소금, 후추를 넣고 골고루 섞는다.

4 식빵 한쪽에 준비한 채소를 가득 채우고 케첩을 골고루 뿌린다. 다른 식빵을 올려 지그시 누른 뒤 먹기 편한 크기로 자른다.

잠시 쉬다 보면,
숨을 고르다 보면

대추차

'세련된 찻집은 얼마든지 있지만 조용한 찻집이란 불쑥 찾는다고 해서
쉽사리 찾아지는 것이 아니므로, 알아두면 의외로 쓸모가 있습니다.'

무라카미 하루키가 쓴 『코끼리 공장의 해피엔드』에 나오는 문장이다.
하루키와 같은 쓰임일지는 모르지만 바쁜 일상을 살다가도 불쑥 쉼이
필요하다고 느껴질 때면 하던 것을 잠시 멈추고 찾아가는 조용한 찻집이
있다.

은평구 끝자락, 북한산 초입에 위치한 이곳은 사찰음식으로 유명한
진관사에서 운영하는 찻집으로 낡은 초가집을 리모델링해 안락하고
포근한 느낌을 주는데 연지원이라 불린다.

산책하듯 북한산 초입까지 걸어 올라가다 보면 걸음과 호흡이 느려지고 몸 안의 가라앉은 공기가 머리끝까지 차오른다. 자연이 주는 위로를 받으며 활짝 열려 있는 나무 대문을 들어서면, 진한 차를 달이는 향이 진동하고 곳곳에 싱그러운 화분이 초록을 뽐낸다.

자주 찾는 찻집이나 음식점에는 지정석처럼 늘 앉게 되는 자리가 있는데, 목적에 따라서 주방이 잘 보이는 자리가 되기도 하고 본능적으로 편안함을 느끼는 구석의 자리가 되기도 한다. 하지만 이곳에서는 그런 지정석이 큰 의미가 없어진다.

바람이 부는 날은 야외 테라스에서, 처마 끝에 떨어지는 빗소리가 듣고 싶을 때는 조용한 방에서, 북한산의 계절을 눈에 담고 싶을 때는 다실에 앉아 창밖을 바라보면 그저 행복하다.

추운 겨울날 수연산방에서 마신 대추차를 계기로 대추차를 좋아하게 되었다. 그 후로는 대추차를 직접 달이는 카페에서는 으레 대추차를 주문한다. 노력과 시간이 필요한 대추차를 맛있고 정성스레 끓이는 곳이라면 다른 음료도 허투루 하지 않을 것 같은 믿음이다.
고아한 다기에 대추와 잣을 띄운 뜨거운 대추차를 받아들면 진한 대추의 향이 코로 들어온다. 뜨거운 대추차를 후후 불어 마시면, 부드럽고 달달한 대추의 맛이 입안으로 퍼지고 단단히 묶인 긴장의 끈이 스르르 풀린다.
남은 대추차를 깔끔히 마시고 나면 어느새 속도 든든히 채워진다. 대추차와

173

함께 곁들여 나오는 생강편은 말랑말랑한 식감과 달달하면서도 알싸한
맛을 동시에 느낄 수 있다.

차를 머금고 병풍의 그림처럼 들어오는 북한산의 계절을 바라보고
있노라면 몸과 마음이 편안해진다. 연주자의 감성과 컨디션에 따라 다르게
연주되는 악기 소리처럼 계절을 품은 바람 소리, 물소리, 새소리, 빗소리는
사시사철 다른 자연의 소리를 연주한다.

**그 소리에 집중하다 보면 몸과 마음이 편안해지고 누군가를
향했던 날 선 감정이나 자신을 향한 복잡한 감정을 비행기
안에서 내가 떠나온 도시를 바라볼 때 느끼는 것처럼 그저
작은 점으로 느껴진다.**

유행처럼 생겨나고 있는 '식물 카페'에 간 적이 있다. 인기를 반영하듯
손님들로 북적대는 카페에 앉아 정돈된 식물을 바라보았다. 초록의 자연을
보며 느끼고 싶던 편안함은 유리창으로 들어오는 햇살의 따사로움과
은은한 풀내음만으로는 채워지지 않았다. 그곳에는 자연의 소리가 없었다.
먹음직스러운 음식을 그려놓은 그림을 앞에 두고 배고파하는 사람처럼
식물 카페에 앉아 있다가 나오면서 북한산 그곳의 따뜻한 대추차와 바람이
떠올랐다. 그림 같은 자연이 아니라 그냥 자연이 지척에 있는데 식물
카페에서 자연을 느끼고 싶어 하고, 사람들로 북적대는 곳에서 쉼을 느끼고
싶어 하다니 내 스스로가 멋쩍어서 헛웃음이 나왔다.

진관사 공양

사찰 음식에 관심이 있다 보니 물 흐르듯 진관사를 알게 되었다. 진관사는 천년 고찰이라는 말처럼 고려 때부터 현대에 이르기까지 역사의 한복판에서 큰 역할을 수행했다. 지금도 수륙재를 통해 그 역사를 이어가는 곳이다. 수륙재는 이승에서 헤매는 외로운 영혼과 아귀를 위로하기 위해 불법을 강설하고 음식을 베푸는 종교의식으로, 조선 태조 이성계 이래 600년째 이어오고 있다. 진관사 국행 수륙재는 현재 무형문화재 126호다. 다만 한국전쟁으로 인해 절이 소실되면서 1963년 최진관 스님이 발원하면서 건물을 차례로 재건해 외형적으론 천년 고찰의 느낌을 받기는 어렵다.

하지만 10여 명의 비구니들이 가꿔가는 사찰이기에 느낄 수 있는 섬세함과 아늑함이 절 곳곳에 묻어나고, 한국의 자연미와 소박함이 어우러진 간결한 외형은 진관사만이 가진 특별함이다. 사찰 음식의 명소임을 증명하듯 백 개가 넘는 장독대가 볕이 드는 양지에 줄지어 늘어서 있고, 대중공양간 앞에는 공양 준비에 바로 사용할 수 있도록 15여 개의 장독대가 옮겨져 있다.

진관사의 주지이자 사찰음식 명장이신 계호스님의 음식은 자극적이지 않지만 밋밋하지 않고, 심심한 듯하지만 그렇다고 부족한 맛이 아니다. 재료 본연의 맛이 살아 있어 풍성하면서도 담백한 맛이 느껴지는 깔끔한 음식으로 신선한 제철 재료에 오랜 숙성으로 깊어진 장의 맛이 더해져 깊은 여운이 오래도록 남는다. 또한 공양을 준비하는 이들의 정성과 기운이 느껴져 공양이 끝나고 나면, 몸뿐만 아니라 마음까지 건강하게 채워지는 느낌이 든다. 매주 일요일 오후 12시와 1시 사이에 공양이 이뤄지니 한번 기회가 된다면 진관사에 들러보는 것을 권한다.

집에서 대추차 맛있게 만들기

『동의보감』에 의하면 대추는 성질이 따뜻하고 맛이 달며 독성이 없는 약재로 속을
편안하게 하고 오장을 보호하며, 오래 먹으면 안색이 좋아지고 몸이 가벼워지면
서 늙지 않는다고 한다. 흥분을 가라앉히는 데 도움이 되어 스트레스에 효과적이
며 비타민C가 풍부해 피로 회복과 면역력에 도움이 된다. 잠들기가 편해져 불면증
예방에도 좋다. 그러나 아무리 좋은 것도 지나치게 섭취하면 문제가 발생할 수 있
으니 주의해야 한다. 몸에 열이 많은 사람은 따뜻한 성질의 대추를 과하게 섭취하
면 몸이 너무 더워져 문제가 생길 수 있으며, 대추에 들어 있는 당류로 인한 비만의
우려도 있다. 하루 1잔으로 심신의 안정과 숙면의 효과를 누려보자.

재료준비 | 약 1L분량(4잔)

대추 300g, 물 1.2L, 장식용 대추 6개, 잣 10알

만들기

1 주름 사이에 먼지가 많은 대추는 베
이킹소다를 희석한 물에 담가 주방
용 칫솔로 문질러 닦는다.

2 흐르는 물에 여러 번 헹궈낸 후 냄비
에 물 300ml와 함께 넣는다.

3 뚜껑을 덮고 강불로 끓이다가 끓기
시작하면 중약불로 줄여 15분간 끓
인다.

4 삶은 대추를 체에 밭쳐 으깨고, 물
900ml를 부어가며 껍질과 씨를 걸러
낸다.

5 걸러진 대추 물을 냄비에 담고 저어가
며 중약불에 30분 동안 달인다.

6 깨끗하게 씻은 대추를 돌려 깎아 씨
를 제거하고 돌돌 말아 썰어 잣과 함
께 대추차에 올려 마신다.

※ 압력솥을 사용하면 끓이는 시간을 줄일 수 있으며 대추차에 꿀을 넣으면 달달한 대추차
를 즐길 수 있다.

잔잔한 일상에
색다른 한 줄

김밥

산책이 고행이 되고,
고행이 행복이 되기도 한다

3,500원이면 혼자서도, 아니 혼자이기 때문에 더 편안해질 수 있는
집이 있다. 성산동에 살 때 산책하듯 찾아간 망원시장은 장보기에 좋은
코스였다. 저렴하고 맛있는 먹거리가 가득한 시장을 한 바퀴 돌다 보면
어느새 시장 가방은 볼록해지고 배도 두둑해졌다.

**그로 인해 집으로 돌아가는 길이 산책에서 고행으로
바뀌어도 흔쾌히 받아들일 수 있는, 일상의 소확행이었다.**

특히 튀김을 좋아하는 나를 위한 맞춤형 김밥집이 있는데 흔하디흔한
김밥을 흔하지 않은 음식으로 말아내는 곳이다. 줄여서 오튀 김밥이라
불리는 오징어튀김 김밥은 바로 튀겨낸 오징어튀김 하나가 통째로
들어가는 것이 포인트다. 고소하고 바삭한 오징어튀김과 9가지 속재료가
입안에서 조화롭게 어우러진다.

푸짐하게 들어간 재료 탓에 한입에 넣기가 부담스런 김밥은 먹기 편하게
얇게 썰어주긴 하지만 입안에 넣었을 때의 풍성한 느낌은 그대로 전해진다.
특히 매콤한 멸치볶음과 오징어튀김의 콜라보는 중독을 부른다.

김밥만큼이나 인기 있는 메뉴는 튀김이다. 채소, 오징어, 김말이, 고구마,
새우, 고추튀김은 하나하나 재료부터 손질해 수제로 만든다. 그중에서도
내가 가장 좋아하는 건 고추튀김인데, 고추튀김 앞에 '大王'자를 붙여야만
할 것 같은 엄청난 크기와 꽉 채워진 부드럽고 담백한 속은 하나만 먹어도
배가 찰 정도로 실하다. 아쉬운 것은 매운 고추가 아니라는 것. 쫄깃쫄깃한
쌀떡볶이와 함께 떡볶이의 영원한 단짝 순대, 찬바람 불면 더욱 생각나는
부드러운 어묵도 있다.

포장을 하거나 밖에서 서서 먹는 것이 보통이지만, 과도한 쇼핑으로 다리가
아플 때는 가게 안으로 들어간다. 어수선하고 좁은 가게 안이지만 잠시
휴식을 취하기에 충분하며 간간이 재료를 준비하는 모습도 볼 수 있어
흥미롭다.

한 끼 때우기 좋은 김밥이 어느샌가 가벼운 마음으로 사 먹기에는
부담스러운 가격이 되었다. 한 줄로도 든든할 만큼 속재료가 풍성해지고
다양해지면서 몸집을 키우더니 몸값도 올랐다. 가끔은 예전의 호리호리한
서민스러운 김밥이 그립기도 하지만 한 끼 식사로도 충분한 몸집의 개성
있는 김밥에 눈길이 가는 것은 어쩔 수 없는 대세다.

위에서 망리단길을 살짝 얘기하긴 했는데 난 용산에서 자랐다.
그곳에 오래전부터 인쇄소 골목이 있었는데 인쇄산업이 무너지면서
인쇄기 소리가 멈췄다. 그곳에 청년들이 모여 상가를 형성했는데 일명
'열정도'라고 불린다. 레트로 분위기의 카페나 음식점들은 색다른 냄새를
풍기며 사람들의 발길을 모으는데 열정도가 입소문을 타면서 사람들이

많아질수록 기쁨과 함께 그들이 걱정하는 것이 있다. 바로 임대료다.
장사가 잘돼도 무조건 좋아만 할 수 없는 현실. '젠트리피케이션'의 흐름
속에 내몰리는 사람들의 이야기는 여러 사례를 통해서 이슈가 되었고
지금도 논란이 되고 있다. 그 과정 속에 있는 망원동의 기존 주민들이
'망리단길'이라 부르지 말아 달라는 서명운동까지 했다는 얘기는 시사하는
바가 크다. 단순히 말해 노력해서 이뤄낸 성과를 노력한 사람들이 받을 수
있는 사회가 될 수 있는 사회적 안전장치가 생겼으면 한다.

추억의 순간을 공유하고 있는 곳이 떠밀리듯 사라지는
슬픔을 더 이상 겪고 싶지 않다.

비로소,
혼자가 되었다

육회비빔밥

시간이 되면
나 또한 떠나갈 것이다

몇 해 전 아버지가 돌아가셨다. 오래된 일이 아니라서 그런지
자꾸 아버지가 생각난다. 소품을 준비하기 위해 광장시장에 들렀는데
이곳저곳을 돌아다니다 육회 골목에 들어서게 되었다.
육회라는 두 글자가 아버지를 떠올리게 했다.

엄마가 동네 정육점에서 육회거리 반 근을 사오라는 심부름을 시키면 난
기쁘게 뛰쳐나갔다. 그 의미는 저녁상에 육회가 올라온다는 뜻이다.

엄마는 내가 들고 온 봉지 속에서 선홍빛 고기를 꺼내 볼에 담고 양념을
톡톡 털어 조물조물 무쳤다. 그 위에 고소한 참기름과 통깨를 뿌리고
가운데 달걀노른자가 깨지지 않게 예쁘게도 얹어 밥상 가운데가 아니라
아버지 앞에 놓으셨다. 아버지가 좋아하시던 육회다.

달걀을 터트려 젓가락으로 슥슥 비벼 맛있게 드는 아버지에게 나도
먹겠다고 하면 한 젓가락을 줬는데 맛이 오묘했다. 고기는 물컹거렸지만
배의 아삭함과 참기름의 고소한 맛이 입맛을 돋웠다. 왜 아버지만 육회를
먹는지 알 것도 같고 모를 것도 같았다. 그 후 아버지와 함께 육회를 먹으면
배만 쏙쏙 골라 먹다 젓가락에 딸려오는 육회 맛에 매력을 느끼게 되었다.
육회에 소주 한잔을 걸치던 아버지와는 다르게 난 밥과 함께 먹는 육회
비빔밥을 더 좋아한다. 부모님을 모시고 고깃집에 가면 꼭 육회 한 접시를
주문해서 먹었다. 아버지와 나 사이에 육회 한 그릇을 놓고 소주를 한 모금
마시며 묘한 공동체 의식을 느끼곤 했다.

작년 엄마 생일에 맞춰 가족이 모여 고깃집에 갔는데 언니가 육회를
주문한다고 하기에 혼자선 다 못 먹는다고 얼버무렸다. 양이 문제가 아니라
혼자서 육회 접시를 받아들일 마음의 준비가 되지 않았다. 하지만 며칠 전
육회 골목에 들어섰을 때 이젠 혼자서라도 육회를 먹어야 되겠다는 생각이
들었다.

광장시장은 1905년 한성부에 등록된 서울 공식 전통시장 제1호다.

직물 도소매로 유명하지만 최근 외국인들에게 특색 있는 먹거리 시장으로
주목을 받는다. 원래 밤장사를 하는 직물상들과 새벽에 물건을 떼러
오는 소매상들이 한 끼를 해결하는 장소로 출발했다고 한다. 예전에는
우뭇가사리 묵밥이 가장 유명했다고 하는데 지금은 육회, 마약김밥,
빈대떡, 비빔밥, 수수부꾸미 등 한국의 음식을 다 모아놓았다.

광장시장의 육회는 저렴한 가격에 육회와 육회비빔밥을 즐길 수 있다.
매일 아침 직접 손질하기 때문에 신선하기도 하다. 종로 4가 우정약국과
우리약국 사이로 난 좁은 길을 들어서면 육회집이 줄지어 모여 있는데,
주말이면 몇몇 집은 온종일 번호표를 뽑고 기다려야 할 정도로 문전성시를
이룬다. 육회 골목의 선두주자인 '육회자매집'을 필두로, 맛으로는
둘째가라면 서러운 '창신육회', 미슐랭 가이드 빕그루망 선정에 빛나는
'부촌육회' 등 10여 곳에 이르는 육회 골목의 육회집들은 특별한 기교나
화려함은 없지만 집집마다 손맛과 양념의 차이가 있다.

가게마다 올라가는 고명과 비빔장의 맛이 다르니 자신의 취향에 맞는 곳을
찾아가는 과정 자체를 즐겨보는 것도 좋을 것 같다. 육회비빔밥을 먹을 때
빼놓을 수 없는 소고기뭇국의 맛도 비슷한 듯 하지만 다르다.
먼저 3호점까지 오픈한 육회자매집 육회비빔밥은 윤기가 자르르 흐르는
육회와 얇게 채 썬 오이, 깻잎이 올라가고 비빔장이 뿌려져서 나온다.
오이를 빼달라고 하면 배를 넣어주는데, 대(大)를 시키면 오이, 깻잎, 배가
함께 올라간다. 담백한 육회, 아삭한 오이, 깻잎의 은은한 향에 새콤달콤한
비빔장이 어우러져 입에 착 감기면서 상큼한 맛이 남는다.

소고기뭇국은 살짝 매콤하면서도 시원한 맛이 일품이며, 간이 잘 밴 무의 식감이 살아 있고 고기는 야들야들 입에서 녹는다.

창신육회도 3호점까지 오픈한 상태로 이곳의 육회비빔밥은 얇게 채 썬 꼬들꼬들한 육회와 큼직하게 자른 상추, 얇게 채 썬 무와 당근, 굵직하게 채 썬 깻잎과 오이가 듬뿍 올라간다. 쫀득하고 달짝지근한 육회의 맛에 갖가지 채소, 고소한 비빔장이 어우러져 풍부한 식감과 담백한 맛이 매력적인 비빔밥이다. 육회, 채소, 비빔장의 전체적인 조합이 좋다.

계산대 옆에서 이모님들이 육회용 고기를 계속 썰고 있는 모습을 볼 수 있는 부촌육회는 세 곳 중 유일하게 지점을 내지 않은 곳으로 한눈에도 신선한 상태를 확인할 수 있는 굵직한 육회와 듬성듬성 자른 상추와 깻잎, 굵게 채 썬 배와 오이, 새싹채소가 올라간다. 꼬들꼬들한 육회의 식감이 살아 있고 싱싱한 배의 달달한 맛과 오이의 아삭한 식감, 새콤달콤한 비빔장이 만나 맛의 시너지 효과를 낸다.

육회 골목답게 세 곳 외에도 가볼 만한 육회집이 많이 있다. 가게 입구마다 진열된 냉장 쇼케이스가 있어 차곡차곡 쌓여 있는 육회와 간이나 천엽 같은 신선한 재료를 보고 가게를 선택하는 것도 좋은 방법이다. 육회 골목의 육회는 고추장에 무치는 전라도식 육회가 아닌 달콤짭짜름한 서울식 양념을 기본으로 한다.

육회에 달걀노른자를 올리고 궁합 잘 맞는 배를 채 썰어 함께 내는데,
달걀노른자를 툭 터트려 비벼 먹거나 취향에 따라서 기름장을 곁들여
먹는다. 낮에는 외국인 관광객들로 채워지는 육회 골목에 해가 떨어지면
육회에 소주 한잔 하려는 주당들로 금세 북적이는 모습이 정겹다.

<u>모르는 사람과
함께 먹는</u>

감자국

혼자라서 죄송한 마음 없이,
혼자라서 편안한 마음 가득

주위 눈치 보지 않고 혼자 들어가 아무 테이블에 앉아 주문하고 먹으면
다른 누군가가 들어와 아무렇지 않게 내 옆에 앉아 식사할 수 있는 식당이
있다. 6개의 테이블로 장사하는 작은 식당이기 때문에 테이블을 나눠 쓰는
것도 너무나 자연스럽다. 그래서 이곳으로 혼밥을 하러 갈 때는 테이블
한쪽을 비워 놓게 된다. 그리고 잘 알지도 못하는 사람과 나란히 혹은
마주보고 앉아 감자국을 먹는다. 메뉴도 감자국 하나뿐이라 굳이 주문할
필요도 없다. 그저 들어가서 앉으면 감자국을 먹는다는 의미가 된다.

혼자서 밥을 먹는 것에 대한 인식이 부드럽게 풀어지면서 혼밥족을 위한
식당이 많이 생겼다. 하지만 여전히 많은 식당들이 바쁜 시간에 혼자 밥을
먹겠다고 테이블을 차지하고 있으면 싫은 티를 내곤 한다. 내 돈 내고 밥을
사먹는데 왜 눈치를 봐야 하나 하는 억울한 부분도 있지만 혼자 간 게
죄인이라는 생각이 들어 불합리한 처사 또한 받아들인다.

가끔 혼자서 넓은 테이블을 차지하고 있는 게 죄송스럽다가 누군가 넉살
좋게 "같이 먹어도 될까요?"라고 물어봐준다면 아주 기쁜 마음으로
내주곤 했는데 그런 일은 흔하게 일어나지 않는다. 그러고 싶지
않아서가 아니라 그럴 용기가 없기 때문에 다들 주저하는 것이다. 하지만
방아다리감자국은 그런 것을 염려하지 않아도 된다. 굳이 물어볼 필요도
없이 그저 고개를 까닥이며 앉으면 된다. 어시스트에게 맡기지 못하고 직접
소품을 준비해야 직성이 풀리는 나는 혼자가 되어 식사를 해야 할 경우가
많다. 그런 나로선 혼자라도 맘 편히 먹을 수 있는 이곳이 그저 좋다.

식당 입구 커다란 솥에서 대량으로 끓여내는 감자국은 끓는 물에 담가 놓아
뜨끈한 뚝배기에 담아내는데, 촉촉한 살코기가 붙어 있는 돼지등뼈 위에
잘 삶은 우거지를 산더미처럼 쌓아준다. 기본적으로 감자가 많이 들어가
있지 않지만 주문할 때 더 달라고 하면 흔쾌히 한 덩어리씩 더 넣어준다.
국내산 돼지등뼈 두세 덩어리가 나오는데 푹 삶아 후루룩 떨어지는 순살은
기본이며 뼈에 붙어 있는 순살은 뜯어 먹고 뼛속에 막혀 있는 속살은
빼먹는 재미가 있다.

우거지는 연하고 질기지 않은 얼갈이배추만을 사용하는데 푹 고와서 국물이 잘 배여 있고 보들보들 부드럽고 고소해서 밥 위에 올려 반찬처럼 먹어도 별미다. 기름기 없이 담백하게 끓여낸 감자국은 부담 없이 먹을 수 있을 정도로 깔끔하다. 아침엔 해장국, 쌀쌀한 날씨엔 몸을 데우는 보양식, 늦은 밤에는 야식으로 그만인 감자국이지만 이곳은 오후 4시면 문을 닫는다. 그전이라도 재료가 떨어지면 문을 닫으니 찾아가는 시간이 3시 이후라면 전화를 해보고 방문하는 편이 안심이 될 것이다.

감자탕의 유래는 감자가 들어가서 감자탕이라고 부르는 것이 아니라 돼지등뼈에 든 척수를 감저라고 불러 그것이 '감자'로 전해져 감자탕이 되었다는 썰과 돼지등뼈를 부위별로 나눌 때 감자뼈라는 부분이 있는데 이것을 넣어 끓여 감자탕이 됐다는 썰 등 무수히 많은 이야기가 있다. 감자탕이 감자탕이라 불리는 한 해 묵은 논쟁은 계속될 테지만, 유래가 어찌 되었던 뭐가 중요한가.

그저 감자국은 뼛골 빠지게 고단한 삶을 살던 이들의 하루를 위로하고 든든하게 배를 채워준 서민적이고 소탈한 음식이라는 사실엔 변함이 없는 것을.

집에서 감자탕 맛있게 만들기

'탕(湯)'은 '국'의 높임말이자 한자어 표기로 감자탕과 감자국의 요리상 차이는 없다. 감자국이 먼저 쓰인 탓에 오래된 곳에서는 감자국으로 부르는 경우가 많지만, 현재는 감자탕이 더 많이 쓰이고 있다. 한번 해먹다 보면 밖에서 사 먹는 것이 아깝게 느껴질 정도로 큰돈 안 들이고 만들어 먹을 수 있다. 정성과 시간을 들여 한번 만들면 여러 날 든든한 끼니가 된다. 된장과 고춧가루를 넣어 구수하면서도 시원하고 개운한 감자탕에 우거지를 넉넉히 넣으면 맛이 더욱 풍성해진다.

재료(3~4인분)

돼지등뼈 1.5kg, 삶은 우거지 한 줌, 감자 3개, 깻잎 10장, 대파 2대, 월계수 잎 4장, 양파 1개, 생강 1톨, 통마늘 5개, 통후추 1큰술, 소금 약간, 들깻가루 적당량, 물 적당량

양념장: 된장 3큰술, 고춧가루 6큰술, 멸치액젓 3큰술, 설탕 1큰술, 맛술 1큰술, 다진 생강 1큰술, 다진 마늘 2큰술, 후추 약간

만들기

1 돼지등뼈는 물에 담가 수시로 물을 교체하며 반나절 동안 핏물을 제거한다.

2 냄비에 넉넉하게 물을 붓고 끓인다. 물이 끓어오르면 핏물을 뺀 돼지등뼈를 넣고 5~7분간 끓인다.

3 불순물이 나온 물을 버리고 돼지등뼈는 깨끗하게 씻는다. 냄비 주변의 이물질도 깨끗하게 닦는다.

4 냄비에 돼지등뼈를 넣고, 돼지등뼈가 잠길 만큼의 물을 붓는다. 육수 주머니에 월계수 잎, 양파, 대파 1대, 생강,

통마늘, 통후추를 넣고 1시간 동안 뭉근하게 끓인다. 끓이면서 생기는 거품과 기름은 걷어낸다.

5 우거지에 양념장 재료를 모두 넣고 조물조물 버무린다. 대파 1대는 어슷하게 썰고, 깻잎도 숭덩숭덩 썰어놓는다. 감자는 반으로 자른다.

6 4에 우거지와 감자를 넣고 30분간 뭉근하게 끓인다.

7 감자가 익으면 국물의 간을 보고 소금으로 맞춘다. 대파와 깻잎, 들깻가루를 넣고 마무리를 한다.

맑고 시원한 국물을 먹고 싶은 날,
매콤하고 칼칼한 국물이 먹고 싶은 날

대구 뽈탕

스텐 그릇에 담겨진
뽀얀 국물과 뻘건 국물

맑고 시원한 국물을 먹고 싶은 날은 뽈지리를, 매콤하고 칼칼한 국물을
먹고 싶은 날은 뽈매운탕을 주문한다.

맑고 시원한 국물을 먹고 싶은 날은
모든 게 완벽하게 진행된 날이다.
하지만 매콤하고 칼칼한 국물이 먹고 싶은 날은
모든 게 완벽하게 진행되지 않은 날이다.

하루를 마감하고 그날의 기분에 따라 저녁식사 메뉴를 선택하는데
매일매일 기분 좋은 일만 가득했으면 하지만 그렇지 못한 날이 더 많은 것
같다. 나름 뽈지리를 먹고 싶은 날과 뽈매운탕을 먹고 싶은 날의 비율을
살펴보았더니, 아쉽게도 매운탕 쪽이 높았다. 한 장 한 장 찢겨 나간 얄팍한
인생에서 어찌 좋은 일만 가득할까 싶어 매운탕 쪽의 비율이 높은 것도
충분히 이해가 된다. 마음먹기 나름이라고, 되뇌면서 그날의 기분 정리는
오로지 나의 몫이기에 혼자서 무언가를 풀고자 뽈탕을 먹으러 간다.

대구는 먹성이 대단해 닥치는 대로 잘 먹고 그 입 또한 커서 대구大口라는
직관적인 이름을 갖게 되었다. 특히 몸집보다 머리가 커서 대두어大頭魚라고
불리기도 하며, 동의보감에는 구어口魚라고도 기록되어 있는 친숙한
생선이다. 눈알부터 내장까지 버릴 게 하나도 없는 대구의 머리는 대구
뽈탕이나 대구 뽈찜을 해먹고 알, 아가미, 창자는 젓갈로 쓰고 뼈는 푹 고아
시원하게 국물을 낸다. 몸통은 주로 탕을 끓여 먹고 찜, 구이, 튀김 등으로
조리해 먹거나 생이나 반건조를 해 회를 떠 별미로 먹기도 한다.

몸집이 워낙 커서 한 마리만 요리해도 양이 푸짐해 동서양을 막론하고
오랫동안 좋은 단백질 공급원이자 식량자원으로 취급되었는데,
아이슬란드와 영국은 '대구 전쟁'이라 불리는 전쟁까지 벌였다고 하니 그
값어치가 얼마나 컸는지 짐작이 되고도 남는다.

음식의 간이 맞지 않아 당황스러웠던 영국에서 꼭 먹어보고 싶었던 음식은
그들의 소울 푸드 피시 앤 칩스였는데, 운 좋게도 1871년부터 영업을 하고
있는 오래된 식당 더 락 앤 솔 플레이스The Rock and Sole Plaice에서 맛볼 수
있었다. 생선은 취향에 따라 다양한 종류를 선택할 수 있었으나 고민할
필요 없이 클래식한 대구를 선택했고 그 선택은 옳았다고 생각한다. 흰
접시에 커다란 대구튀김과 감자튀김, 레몬, 타르타르 소스가 전부인 평범한
비주얼의 이 음식이 특별할 수밖에 없는 것은 대구 때문이다. 노르웨이
여행 중에 맛보았던 말린 대구를 불려 만든 전통 요리 루테피스크는
특유의 비린내와 톡 쏘는 맛으로 취향에는 맞지 않았지만 유럽의 피시
마켓을 둘러보며 그들도 우리만큼이나 다양한 방식으로 대구를 즐기고
있다는 것을 목격할 수 있었다. 그런 그들이 음식으로 발전시키지 못한
부위가 있는데 일명 대구 뽈떼기라 부르는 대구의 머리 부위다.

뽈떼기는 얼굴이나 볼 부분을 가리키는 경상도 방언으로 대구 머리에
갖은 채소를 끓인 탕을 대구 뽈탕, 대구 뽈떼기탕이라 부르는데, 경상남도
지역의 향토 음식으로 서울에서는 맛보기 쉽지 않은 음식이다. 하지만 이
귀한 음식을 파는 곳이 있다. 1987년부터 성내동에서 지금까지 묵묵히
한곳을 지키는 이 집은 벌써 2대째 가업을 잇고 있다.

대구 뽈탕을 처음 접했을 때는 푸짐한 하얀 속살은 다 어디에 보내고 뽈떼기만 넣고 탕을 끓였을까 하는 아리송한 마음이 들었다. 가우뚱하며 뽈탕을 먹던 나의 머릿속에 불현듯 물고기는 머리 쪽이 맛있고 짐승 고기는 꼬리 쪽이 맛있다는 '어두육미魚頭肉尾'가 떠올랐다. 머리가 커서 볼에도 살이 많이 있을뿐더러 몸통의 살과 다르게 쫄깃쫄깃한 식감까지 느낄 수 있으니 참으로 매력적인 음식이 아닐 수 없다.

그날 기분에 따라 맑고 구수한 뽈지리를 먹거나 얼큰한 뽈매운탕을 먹는다. 특히 뽈지리는 청양고추가 들어가 칼칼함까지 느낄 수 있다. 구석구석 제법 많이 붙어 있는 탱탱하고 쫄깃한 살과 부드러운 두부, 잘 익은 무를 함께 먹으니 대구 뽈의 맛이 더욱 선명하게 느껴진다. 아삭하게 씹히는 미나리의 맛이 상큼하고 향기롭다. 밑반찬으로 나오는 아가미 젓갈을 뜨끈한 흰밥 위에 올려서 먹으면 짭조름하면서 달달한 맛이 밥도둑이 따로 없다.

다만 이곳의 대구는 국내산이 아니라 원양산을 쓴다. 어릴 적 흔하게 먹던 국내산 생대구를 먹을 수 없게 된 현실이 참 슬프다. 명태보다는 사정이 조금 낫지만 한때 큰 대구 한 마리에 30만 원을 호가하던 때가 있었다고 한다. 다행히 인공 방류 사업에 힘입어 계속 어획량이 늘어나고 있지만 아직도 생대구를 맛보려면 경남 해안이나 고급스러운 식당에 가야만 한다. 유럽의 상황도 우리와 다르지 않다고 생각하니 무분별한 남획이 생태계를 얼마나 어지럽히는지 깊이 고민하게 만든다. 인간의 이기심은 내 자식이 오로지 감당해야 할 문제로 남는다.

집에서 대구 뽈지리 맛있게 만들기

대구 머리는 살이 많고 살도 쫄깃하다. 대구 머리 본연의 맛을 제대로 느끼려면 지리로 요리하는 것이 좋다. 간단한 재료만 넣어도 특유의 시원한 맛을 낼 수 있다. 지리처럼 맑은 탕에는 다진 마늘을 사용하는 것보다 마늘즙을 사용하는 것이 좋은데 다진 마늘만 있다면 체에 걸러서 국물에 살살 풀어 사용하면 깔끔한 국물을 완성할 수 있다. 대구 머리는 절단된 것을 구입하는 게 편리하다.

재료(2인분)

대구 머리 500g, 두부 1/2, 무 300g, 양파 1/2개, 미나리 10대, 대파 1대, 청양고추 1개, 마늘즙 1큰술, 소금 적당량

육수 : 밴댕이 한 움큼, 멸치 한 움큼, 다시마(10cm×10cm) 1장, 물 1.8L

고추냉이 간장 소스 : 고추냉이 1작은술, 간장 2큰술, 육수 1큰술

만들기

1 냄비에 밴댕이와 멸치를 넣고 중약불에 3분간 볶는다. 냄비에 물과 다시마를 넣고 강불에 끓이다가 끓기 시작하면 다시마를 건져내고 중약불로 줄인 뒤 10분간 더 끓인 뒤 건더기는 체로 걸러낸다.

2 두부와 무는 나박썰기하고 미나리는 4cm 길이로 썬다. 대파와 청양고추는 어슷 썬다.

3 육수에 깨끗하게 씻은 대구 머리, 무, 마늘즙을 넣고 끓이다가 무가 익으면 두부, 대파, 청양고추를 넣는다.

4 한소끔 끓인 후 소금으로 간하고 고추냉이 간장 소스를 곁들여 먹는다.

CHAPTER 4

TOGETHER
共存

같이 갈까?

재현이 아닌
공존으로

우동 한 그릇

꾸미지 않은 생각이 담겨 있고,
망설임 없이 그려진 그림의 따뜻함

작년은 슬럼프에 빠진 해라고 할 수 있다. 매번 새롭게 보였던 일도 그저
그런 일처럼 다가오더니 급기야 무기력증이 나를 감쌌다. 일도 제대로 되지
않았고, 이대로 바닥으로 내리치지 않나 하는 생각도 들었다.
덜컥 겁이 났고 두려웠다.

그러던 중 푸드스타일리스트로 활동하고 있는 일본 친구의 제안으로
한 달간 그 친구의 집에서 머물며 2건의 광고와 영화 촬영에 스태프로
참여하게 되었다.

매달 고정적으로 해야 하는 일 때문에 한국과 일본을 왔다 갔다 해야
했지만 새로운 사람들과 새로운 작업 환경에서 지금과는 다른 위치에서
일하다 보면 계속해서 바닥을 치는 내 마음을 버리는 데 도움이 될
것이라는 생각이 들었다.

그래서 뛰어들어본 바 확실히 특별한 경험이었다. 그중 닛신 키쓰네 우동
광고 촬영은 한국과 일본의 작업 환경의 차이를 크게 느끼는 계기가
되었다. 총 이틀에 걸쳐 진행되었던 촬영은 첫날 대역배우의 리허설,
둘째 날 실제 배우의 본방 촬영으로 진행되었다. 리허설 촬영은 본방 촬영
못지않게 긴장감이 감도는 가운데 계획적이고 디테일하게 진행이 되었으며
조용한 대화 속에서 접점을 찾아가는 모습이 인상적이었다. 철저한 리허설
덕분에 본방 촬영은 특별한 변수 없이 순조롭게 진행되었다. 촬영 말미에
등장한 클라이언트는 마음대로 촬영을 수정하거나 급작스러운 요구를
하지 않았다. 다만 풍성한 꽃이 가득 담긴 꽃다발을 준비해 두 배우에게
안겨주며 예의 있게 감사함을 표하고 사라졌다.
이렇게 많은 스태프가 필요할까 싶을 정도의 규모로 움직이는 그들은
신기하게도 크고 작은 일들을 묵묵히 해내고 있었다.

한결같은 템포로 디테일하고 명확한 계획을 통해 촬영을 진행했고,
컷이 들어가는 순간부터는 막힘없이 예상대로 진행이 되었다. 10년 넘게
푸드스타일리스트로 살아온 내게는 부러운 광경이었다. 수많은 변수와
마주해야 했던 순간이 떠올랐다. 확정되지 않은 상태로 촬영이 시작되기도
하고 갑자기 메뉴가 변경되기도 하고, 결정권자 한마디에 콘셉트가
뒤집어지기도 했다. 촬영 중 갑작스러운 요청으로 재료를 구하기 위해 근처
마트를 쥐 잡을 듯 헤매고 다녀야 했고, 제 시간에 끼니를 챙기지 못하는
경우는 허다했다(물론, 앞에 나열된 변수는 극히 일부이니 모든 촬영이
다 그렇다는 오해는 없길 바란다). 하지만 이곳의 작업 환경은 달랐다.
가장 인상 깊었던 것은 스태프를 위한 먹거리를 관리하는 스태프가 따로
있다는 점인데 그 덕분에 우리는 각종 음료로 목을 축이고 당 보충을 하며
포만감이 가득한 가운데 촬영할 수 있었다.
스튜디오 옆의 휴게실에서 제공되는 아침, 점심, 저녁은 매번 다른 케이터링
업체가 나와서 식사를 제공하는 덕분에 다양한 콘셉트(일식, 아시안, 채소,
면 등)의 식사를 맛볼 수 있어 끼니를 때운다는 느낌이 아니라 예약해놓은
식당에 가서 기대하는 식사를 하는 느낌이었다.

**상호 협력 하에 일하고 있다는 것에 대해 존중을 받는다는
것은 대단히 중요한 태도다.**

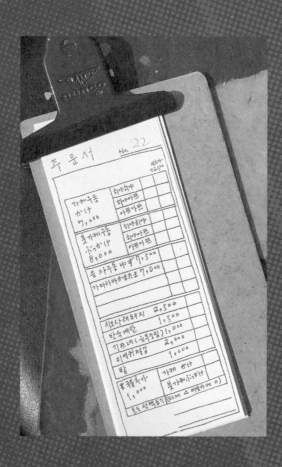

일본만큼 우동에 대한 사랑이 넘치는 데는 없을 것이다. 가만가만,
이 문장은 무언가가 잘못됐다. 당연한 말을 마치 당연하지 않은 것처럼
말하고 있다. 우동은 일본 음식이다. 그러니 자국에 대한 음식 사랑이
넘치는 것은 당연할 것이다. 우동은 에도시대 전기 병풍에 그려질 정도로
오래된 음식일 뿐만 아니라 역사적으로 보면 헤이안시대로 거슬러
올라간다. 물론 당나라에서 전해진 음식이기는 하지만 사누키 우동은
가가와 현의 지역적 기후나 토양으로 일궈낸 맛이다. 일본에는 3대 우동이
있는데 사누키 우동을 포함해 아키타의 이나니와 우동, 군마의 미즈사와
우동이 있다.
일본에서 우동을 실컷 먹었을 텐데도 가끔 난 우동이 생각난다. 남가좌동에
대우전자 지정점이라는 녹슨 간판 아래 사누키 우동을 파는 곳이 있다.

낡고 오래된 간판이 예뻐 이곳에서 첫 가게를 열었다는
일본인 주인장. '동네 사람들이 무엇인가 먹고 싶을 때
떠오르는 가게를 만들고 싶다'는 소망으로 우동을 빚고 있다.

가가와 현에서 우동을 공부한 일본인 주인장은 한국산 밀가루와 재료를
사용해서 오직 손으로 우동 면을 반죽하고 자연 숙성시킨다. 그날그날의
기온과 습도의 변화에 따라 배합을 달리하며 맛을 유지하려고 노력하지만
그렇지 못할 때의 작은 변화를 즐겨달라는 당부도 빼놓지 않는다.
우동 한 그릇을 내기까지 얼마나 많은 고민을 하고 있는지를 짐작케 하는
대목이다.

그날의 날씨를 고려하면서 어떤 유형의 우동이 맛있을지,
그것엔 어떤 고명이 어울릴지, 사이드 메뉴로는 어떤 것이
좋을지 등을 충분히 고민하고 주문하는 시간이
행복한 것은 우동 한 그릇에 쏟은 노력 때문이지 않을까.
재즈 선율과 함께 우동을 후루룩 흡수하는 것이 생경하지만
그런 고정관념을 깨는 것이 이곳의 매력이란 생각이 든다.

국물의 유형부터 면과 국물의 온도, 토핑까지 하나하나 선택하는 것이
처음에는 당황스럽게 느껴질 수 있지만 다양한 조합을 통해 새로운 맛을
알아가고 자신의 취향을 찾아가는 재미가 쏠쏠하다.
국물 유형으론 가케우동과 붓가케우동이 있다. 가케우동은 깔끔하고
시원한 맛을 뚫고 나오는 진한 멸치의 향이 매력적이고 붓카케우동은 가케
우동의 맛에 가다랑어의 풍미가 더해져 끝맛에 단맛이 살짝 올라오는 것이
매력적이다.

국물과 면의 온도론 면과 국물이 차가운 히야히야, 면은 차갑고 국물은
따뜻한 히야아쓰, 면과 국물이 뜨거운 아쓰아쓰로 나뉘는데 각각 사누키
우동의 매력을 제대로 느낄 수 있다. 간결한 우동과 함께 곁들이면 좋은
메뉴로는 돼지고기라고 믿기지 않을 정도로 입안에서 사르르 녹는
부드러운 시오다래돼지와 간장과 다시의 맛을 머금은 짭짤 달큼하면서도
고소한 맛이 일품인 반숙 달걀, 원당과 다시로 맛을 낸 깊은 맛의 기쓰네
유부조림, 한국인에게는 생소한 맛이지만 우동과 잘 어울리는 미역귀가
있다. 하나같이 정성과 시간이 들어가야 하는 것들뿐이다.

나는 이곳의 우동이 재현이 아닌 공존이라서 좋다. 비단 재료만의 이야기가
아니다. 조용한 동네에 섬처럼 우뚝 솟을 법도 한데 평평하게 스며들어
이웃이 되어 있기 때문이다. 어느새 입소문이 나면서 줄을 서서 먹어야 하는
곳이 되었지만 우동이 생각나면 이곳으로 향한다.

짧은 영업시간에 입소문까지 나면서 예전만큼 이곳의 우동을 자주 먹을
수 없게 되었지만 나는 매달 초면 가타쯔무리의 페이스북에 올라오는
소식을 읽는다. 그 소식에는 영업일 안내와 함께 에세이와 그림, 손그림
달력이 함께 올라온다. 일본인 셰프가 한 자 한 자 써 내려가는 이야기는
그의 글씨체처럼 꾸미지 않은 생각이 담겨 있고, 망설임 없이 그려진 그림은
따뜻함이 묻어 있다. 그래서 들쑥날쑥한 영업일을 확인하는 일은 조금
번거롭지만 기대되는 일이기도 하다.

집에서 사누키우동 맛있게 만들기

사누키우동의 본고장이자 우동현으로 불리는 가가와 현은 일본에서도 가장 면적이 작다. 그럼에도 가가와 현의 우동 소비량은 전국 평균 2배를 넘는다고 한다. 우동의 성지답게 우동버스, 우동택시 등의 프로그램이 있어 우동 덕후에게는 천국 같은 곳이지만 아쉽게도 나는 가가와 현에 있는 나오시마에서 우동을 먹은 것이 전부였다. 하지만 우동현답게 게스트하우스의 아침으로 제공된 우동은 전문가의 수준을 넘어선 맛이었고, 배가 고파서 무작정 들어간 낡은 우동가게에서 먹은 우동에서 느껴졌던 내공은 지금도 잊을 수가 없다. 아주 오래된 기억이지만 깊은 맛에 담긴 다정한 맛을 기억하며 우동을 만들어보았다.

재료(2인분)

우동 면 2개, 소금 1큰술, 국간장 3~4큰술, 미림 2큰술, 청주 1큰술, 송송 썬 쪽파 3대, 생강즙 1작은술, 반숙 달걀 1개, 튀김 부스러기(튀김으로 대체 가능)

육수 : 멸치 6g, 다시마(10cm×10cm) 1장, 가다랑어포 10g, 물 800ml

육수 만들기

1 냄비에 분량의 재료를 넣고 30분 동안 담가둔다.
2 중불로 끓이다가 끓어오르기 시작하면 약불로 줄인 뒤에 다시마를 건져 내고 거품을 걷어낸다.
3 5분간 끓인 후 불을 끄고 가다랑어포를 넣어 가라앉으면 건져낸다.

만들기

1 육수를 부은 냄비에 삶아서 헹군 면을 넣고 분량의 소금, 국간장, 미림, 청주를 넣어 한소끔 끓인다.
2 면과 국물을 그릇에 담고 반으로 자른 달걀, 쪽파, 생강즙, 튀김 부스러기를 올려 완성한다.

※ 취향에 따라 조미유부를 곁들여도 좋다. 생강즙 대신 무즙을 올려도 좋다.

213

너와 내가
함께 먹어야 할

탕수육

혼자 먹어야 할 짜장면,
누군가와 함께 먹어야 할 탕수육

짜장면 한 그릇은 누군가와 함께 먹는 음식이 아니다. 하지만 탕수육 한
그릇은 누군가와 함께 먹어야 할 음식이다. 이것이 공존하니, 중국요리라는
게, 참 알다가도 모를 정도로 미묘하다. 밥 먹는 시간도 아까워 짜장면으로
한 끼를 대충 때운다지만 탕수육 주문이 함께 들어가면 이 한 끼는 대충의
의미가 아니다. 그럴싸한 나눔의 요리가 된다.
혼자서 탕수육 대(大)자를 먹어본 사람이 있는가,라고 반문하고 싶지만
분명 존재할 것이다. 사람 위胃의 양은 제각각이니깐. 그럼에도 탕수육은
너와 내가 함께 먹어야 할 요리다.

더군다나 우리나라에선, 새집으로 이사 간 후 먹는 짜장면과 탕수육은
보람찬 하루를 보냈다고, 그리고 앞으로도 보낼 거라는 의미를 지니기도
한다. 새롭게 깐 방바닥에 신문지를 깔고 양반다리로 고개를 푹 숙이고
먹는 짜장면과 탕수육은 이사 첫날 거쳐야 할 통과 의례다. 물론 그렇게
하지 않는 사람도 있을 것이다. 제대로 정리되지 않은 싱크대에서 애써
파스타 삶은 통과 프라이팬을 찾아 까르보나라나 로제 스파게티를
해먹는 사람도 있을 것이다. 혹은 이사하느라 냉동실에 넣어두었던 청국장
덩어리가 녹자, 새 밥을 앉히고 청국장을 끓이는, 건강을 최고로 치는
사람도 있을 것이다.

이런들 저런들 다 좋다, 먹는 것은.

탕수육을 시키기로 결정했다면 짜장면과 짬뽕의 선택은 대세를 움직일
만한 사항은 아니다. 조금 더 위를 촉촉하게 하느냐 그렇지 않느냐의
차이만 남을 뿐. 중구 다동에 가면 탕수육, 아니 고기튀김을 기가 막히게
하는 중국집이 있다. 위치가 그런지라 정오가 되면 점심을 먹으려는
직장인들로 북적거리는데 그 북적거림도 이곳만의 특징이다.

점심 메뉴는 볶음 짜장, 짬뽕밥, 짬뽕, 짜장면. 점심시간 회전율을 높이기
위한 선택이라 탕수육 또는 고기튀김을 먹고 싶다면 저녁에 방문하는 것이
좋다. 다만 서울에서 맛집 많기로 유명한 중구 다동에서 짬뽕 맛 하나로
줄을 세우는 비결은 국물에 있다. 첫 한입은 약간 심심하게 느껴지다가
계속 먹다 보면 심심함 속에 다양한 맛이 올라온다.

솥단지 모양의 큼직한 그릇에 담긴 짙은 오렌지색을 띠는 국물은 비법
재료와 돼지고기를 넣어 푹 삶은 담백한 고기 육수를 사용한다.
진하게 우러난 고기 육수와 풍성한 식감이 살아 있는 해산물의 밸런스는
국물에 깊은 맛과 담백한 맛을 더한다. 국물의 깔끔함은 절로 술 한잔이
떠오르기도 해서 해장으로 제격이지 않나 싶은데 해장하러 와서 술 한잔 더
하고 가는 모양새가 될까 봐 살짝 겁이 나기도 한다. 그 정도로 맛있다.

저녁의 메인은 고기튀김이다. 국내산 생돼지 고기를 한 시간 동안 양념에
재워 찹쌀로 반죽한 튀김 옷을 얇게 입혀 고온에서 튀겨내는데 겉은
바삭, 중간은 쫄깃, 속은 부드러운 3가지 식감에 담백한 돼지고기의 맛이
어우러져 계속 먹게 된다. 함께 나오는 간장에 찍어 먹지 않아도 될 정도로
기본 간이 잘 배어 있다. 양보다 다양함을 추구한다면 고기튀김 대신
탕수육을 주문하면 된다. 탕수육과 고기튀김의 차이는 양과 소스의 유무로
나뉜다. 옛날식 투명한 소스에 찍어 먹으면 탕수육이고 간장에 찍어 먹으면
고기튀김이다.

전국 5대 짬뽕이 있다. 한 개인 블로거가 자신이 가본 곳 중 유명한 짬뽕집
5곳을 선정해 글을 올리면서 시작되었는데 평택 영빈루, 군산 복성루, 대전
동해원, 대구 진흥반점, 강릉 교동반점이 그곳이다. 개인적인 취향에 따른
분류지만 자기 취향을 알아보는 것도 재밌을 거란 생각이 든다. 그러나
가끔은 내 집 앞, 편안하게 추리닝을 입고 건들거리며 찾아가는 중국집이
최고일 때가 있다.

집에서 짬뽕 맛있게 만들기

주방에 있는 양념을 활용해 얼큰한 짬뽕을 만들어보자. 돼지뼈 또는 사골 육수가 없다면 물, 싱싱한 새우가 없다면 칵테일새우, 바지락 대신 홍합이나 모시조개, 고운 고춧가루가 없다면 일반 고춧가루를 사용하면 된다. 고운 고춧가루는 빛깔을 만들고 굵은 고춧가루는 매운맛을 내니 섞어서 사용하면 더욱 먹음직스러운 짬뽕을 만들 수 있다. 면 대신 밥을 곁들이면 짬뽕밥으로도 즐길 수 있는 쓰임이 좋은 요리다.

재료(2인분)

중화면 2인분, 돼지고기(잡채용) 150g, 해산물(오징어 1/2마리, 새우 6마리, 바지락 한 움큼), 양배추 1/2통, 표고버섯 2개, 당근 1/4개, 애호박 1/4개, 양파 1/2개, 대파 1대,

양념 : 다진 마늘 1큰술, 간장 1큰술, 고춧가루 3큰술, 굴소스 1큰술, 물 500ml, 치킨 파우더 1/2큰술, 올리브오일 1큰술, 소금과 후추 적당량

만들기

1 양배추, 표고버섯, 당근, 애호박, 양파는 0.5~0.7cm 두께로 채 썬다. 대파는 어슷 썬다. 오징어는 껍질을 벗기고 칼집을 내 먹기 좋은 크기로 자르고 새우는 머리와 껍질을 제거한다. 바지락은 깨끗이 씻어 준비한다.

2 냄비에 기름을 넉넉히 두르고 파를 넣어 향이 날 때까지 볶는다.

3 2에 소금, 후추로 밑간한 돼지고기와 마늘을 넣고 돼지고기의 겉면이 하

양게 익도록 볶는다.

4 3에 간장을 두르고 양배추, 표고버섯, 당근, 애호박, 양파를 넣고 빠르게 볶는다.

5 고춧가루를 넣고 다시 볶다가 물과 치킨 파우더를 넣고 끓인다.

6 굴소스와 소금으로 간을 하고 국물이 끓어오르면 해산물을 넣는다.

7 한소끔 끓어오르면 삶은 면에 붓는다.

고양이가 좋아한 고등어,
그런 고양이를 좋아한 나

고등어구이

잠시 잠깐 나눈 정에도
나름의 추억은 있다

주차장에 차를 주차하려는데 한쪽에서 새끼 고양이 울음소리가
들렸다. 얼른 차 밖으로 나와 살펴보니 차 밑에서 새끼 고양이 한 마리가
빼꼼히 나를 쳐다봤다. 나와 눈이 마주친 새끼 고양이는 얼른 차 밑으로
달아나버리고 걱정이 된 나는 새끼 고양이가 내뺀 곳을 한참 서 있다가
담벼락에 고양이 한 마리가 나를 뚫어져라 째려보고 있는 모습에 가슴이
철렁했다.
혹여 자신의 새끼에게 해코지는 하진 않는지 나를 주시하면서 사납게
쳐다보는데 그 순간 도망간 새끼에게 어미가 있어 다행이라는 생각이
들었다.

다만 주차장에 있다 사고를 당하면 어쩌나 하는 마음에 집으로 데려갈까, 유기동물보호센터에 전화할까를 고민해봤지만 괜한 오지랖이라는 생각이 들었다. 그래도 걱정이 되어 다음 날 먹을거리를 들고 찾아갔지만 그 어미와 새끼는 온데간데없이 사라져버렸다. 나의 과한 관심 때문에 나름 편안하게 있던 보금자리를 버리고 간 것은 아닌지 미안한 마음이 드는 것은 내가 어릴 적 나름 좋아했던 '나비'가 생각났기 때문이다.

어릴 적 고양이를 키우고 싶었다.

생선 냄새를 맡고 마당까지 들어온 고양이에게 저녁상에 올랐던 고등어 조각을 엄마 몰래 챙겨줬더니 그 다음부턴 눈치 없게 계속 찾아왔다. 얼떨결에 시작한 녀석과의 비밀스러운 접선은 계속되었고 안쓰러워 쓰다듬으려고 하면 피하고 귀엽다고 불러도 대꾸도 하지 않고 밥만 먹고 가버리던 녀석이 어느 날 내게 몸을 비비적거리기 시작했다. 그에 응답하기 위해 서툰 손길을 내밀었더니 반달 미소까지 지어 보였다. 나름 고등어를 준 보답을 하고 싶었던 걸까? 그 후에도 나는 그 고양이에게 다가갔지만 돌아오는 건 손에 상처뿐이었다. 나중에 안 사실이지만 고양이는 안거나 특정한 부위를 만지는 것을 싫어했던 것이다. 다만 이마나 볼, 턱밑을 쓰다듬어주는 것을 좋아했는데 그걸 알기까지 손에 상처가 가실 날이 없었다. 지금처럼 정보화 시대라면 인터넷을 통해 정보를 얻을 수 있었겠지만 그땐 그런 것이 하나도 없었다. 오로지 매스미디어라고 라디오와 텔레비전뿐.

정이 들면 들수록 난 길거리를 헤매고 다닐 고양이가 걱정이 되었다.
나는 밥을 먹으러 찾아오는 그 녀석을 기르기 위해 눈물바람을 일으키며
가족에게 애원했고, 집안에선 안 되고 마당에서 키우는 것은 가능하다는
조건부 허락이 떨어졌다.

나는 즉시 빈 박스를 가져다가 옷가지를 깔아 녀석의 보금자리를
마련해주고 박스에 '나비 집'이라는 명패도 달아주었다. 왜 나비라고
지었는지는 모른다. 그 시절엔 온 동네 길고양이를 나비라 불렀기 때문일
것이다. 하지만 나비는 내가 마련해준 보금자리는 거들떠도 보지 않고 부엌
옆 난롯가에서 잠을 자고 밥을 먹고 나와 좀 놀다 사라졌다 나타나기를
반복하더니 어느 날부터인지 돌아오지 않았다. 걱정에, 배신감에, 그리움에
감정이 오락가락하며 아파했지만 다시는 돌아오지 않았다.

**지금에서야 느낀 바지만 길고양이는 길고양이만의 사는
방식이 있었던 모양이다. 정 좀 붙였다고 안착하고 살기엔
나름 길고양이의 자존심에 손상이 갔을까?**

그렇게 나와 나비의 이상야릇한 동거 생활이 끝났다.

나비는 나와 식성이 비슷해서 고등어를 참 좋아했다. 만약 내가 고등어를
계속해서 주지 않았다면 나를 찾지 않았을까? 문득 궁금해진다. 내가
나비에게 줄 수 있는 건 고등어밖에 없었다. 고등어는 지금도 마찬가지지만
엄마가 해줄 수 있는 최상의 반찬이었다. 고등어로 구이도 하고 조림도
하고 찜도 하면서 다양하게 요리를 했다. 그러나 내가 좋아한 것은 적당한
간에 겉은 바삭하고 속은 촉촉한 고등어구이였다. 잘 구운 고등어구이는
그냥 맨 밥에 올려 먹어도 그만이지만 차가운 물에 말아 올려 먹으면
보리굴비 못지않게 맛이 있었다.

어릴 적 추억과 내 입맛의 욕구를 충족하기 위해 난 마포에 있는
생선구이집을 자주 찾는다. 이곳에 가면 연탄불에 구워진 생선을 맛볼
수 있는데 그 맛은 집에서 구운 것과는 차원이 다르다. 지금은 전용
구이방에서 생선을 굽는데 예전에는 입구에서 구워 들어갈 때나 나올 때
사장님의 생선 굽는 모습을 볼 수 있었다. 애써 보지 않는 한 30년 경력의
연탄 생선구이 달인의 솜씨를 볼 수 있는 기회는 줄었지만 눈으로 보지
않아도 시간을 들여 구워내는 정성은 온전히 맛으로 전해진다. 다만 연세
높으신 사장님의 건강을 생각한다면 밀폐된 공간보다는 오픈된 공간이
낫지 않을까 싶다.

고등어구이 외에도 임연수, 삼치, 꽁치 등의 구이를 맛볼 수 있는데, 갈치가
없다는 건 조금 아쉽다. 고등어구이 외에 다른 생선을 함께 먹고 싶을 때는
생선만 추가할 수 있는데 기본 생선에 생선 한 토막을 더 내어주신다. 이
고등어에 구수한 된장찌개를 함께 먹으면 밥 한 공기는 어느새 뚝딱이다.

연탄불에 잘 구운 고등어는 연탄불 특유의 향으로 입맛을 자극하고 오랫동안 일정한 화력을 유지하면 속살이 부드러워 입에서 녹는다. 간이 세지 않아 점심 식사로 먹기도 좋고 저녁엔 술 한잔과 곁들여서 먹기도 좋다. 언제나처럼 보리차에 남은 밥을 말아 고등어구이를 올려 먹으면 뭔가 헛헛해져 있던 마음이 절로 달래진다. 한 시인이 말했다.

'고등어 니가 있어 그 험난한 시절을 용케도 견딜 수 있었구나.'

엄마의 음식이 특별하고 맛있는 것은 가족을 향한 마음과 정성이 담겨 있기 때문이고 이곳의 생선구이가 특별히 맛있는 것은 연탄불 앞에 앉아 정성스럽게 생선을 구워 주는 사장님의 정성이 담겨 있기 때문인 것 같다.

집에서 고등어구이 맛있게 요리하기

한때 미세먼지의 주범으로 몰렸던 고등어지만 환경부의 발표가 잘못 보도되면서 어민들과 수산물 유통업계가 큰 손해를 보게 되자 환경부는 해명 자료를 냈고, 오해는 곧 풀렸다. 다만 생선구이는 환기가 중요한데 신문지는 냄새를 흡수해 생선 굽는 냄새를 줄이고 팬 밖으로 기름이 튀는 것을 방지해주는 장점은 있지만 화재의 위험성도 커 신문 대신 뚜껑을 덮거나 뚜껑이 없다면 유산지를 적당하게 잘라 사용하는 것을 권한다. 집안 냄새만큼이나 고등어 비린내도 문제인데 고등어의 막을 제거하면 도움이 된다. 소금은 굽기 직전에 뿌려야 수분이 빠지지 않는다.

재료(2인분)

고등어 1마리, 소금 적당량, 올리브오일 1큰술, 유산지 (또는 종이호일) 약 30cm

만들기

1. 고등어는 깨끗이 씻어 오징어 껍질 벗기듯이 막을 제거한다. 소금을 손에 묻혀 벗기면 잘 벗겨진다.
2. 고등어 위에 소금을 뿌린다.
3. 유산지 위에 올리브오일을 바르고 고등어를 올린 뒤 고등어 위에도 올리브오일을 바른다.
4. 올리브오일이 새어 나오지 않도록 유산지를 감싼다.
5. 기름을 두르지 않은 팬에 유산지로 감싼 고등어를 올리고 앞뒤로 노릇하게 굽는다. 뚜껑을 덮고 중불로 굽는다. 뚜껑이 없다면 유산지를 팬 크기에 맞게 잘라 덮는다.
6. 유산지를 벗겨내고 고등어를 접시에 담아낸다.

엄마와 오랫동안
함께 걷고 싶다면

곰탕

핸드크림을 바른다는 것,
핸드크림을 바르지 못한다는 것

어머니가 곰탕을 끓일 때는 남편과 자식들은 그 원인에 대해 파악해야
한다는 소리를 들었다. 며칠 집을 비운다는 의미라면 긍정적인 사인으로
받아들여도 되지만 이것이 더 이상 가족들의 밥상을 차리기 싫다는 거절의
뜻이라면 아마도 가족회의를 통해 어머니의 불편한 심기를 풀어드려야
한다고 한다. 여자 나이 예순이 넘으면 부엌에서 해방되고 싶다는 로망을
가진다고 한다. 지겹기도 할 것이다. 결혼하고 몇 십 년을 집안일을
도맡느라 손이 부르트고 관절염으로 손가락이 굽어지는데도 집안일에서
벗어나지 못한다는 것은 엄청난 노동이고 너무 큰 희생이다.

만약 당신의 어머니가 핸드크림을 바르고 있다면 다행이지만 핸드크림을
바를 새도 없이 집안일로 바쁘다면 지금 당장 핸드크림을 바르고 말리고
한동안 물에 대지 않는 시간적 여유를 주는 것이 좋다. 어느 날 불현듯
곰탕을 끓이고 떠나버리는 엄마의 모습을 보지 않기 위해선 말이다.

엄마도 여자였고, 여자고, 여자일 것이다.

다행히도 우리집의 경우 후자의 일은 없었다. 엄마는 일 년에 한 번
외할머니의 생일에 맞춰 이모들과 고향에 갈 때 며칠 집을 비우기 위해
곰탕을 끓이셨다. 하루치씩 따로 포장해 냉동고에 차곡차곡 넣고 떠나시면
그날 혹은 그 다음 날까진 엄마의 당부대로 먹었다. 그러면 엄마의 부재를
잠시 잊을 만큼 든든한 한 끼가 되었다. 다만 며칠이 계속되면 그 귀한
곰탕도 라면만도 못한 찬밥 신세가 되기도 했다.
오매불망 엄마만 오기를 기다리다 돌아오는 날이면 새로운 반찬과 함께
엄마의 한숨소리를 들어야 했다. 남편과 자식을 위해 좋은 재료를 사고
손질해서 하루 종일 뜨거운 불 앞에서 씨름하며 정성스럽게 끓여낸
음식인데 남아 있으니 속상할 만도 했다. 그 음식으로 육개장이나
부대찌개를 만들어주셨는데 그 맛이 기가 찼다. 아마도 깊고 풍부한 곰탕의
베이스 때문이지 않을까 싶다.

요즘은 이 귀한 음식을 밖에서 해결하곤 한다. 분명 엄마 집의 냉장고
안에는 지퍼팩에 얼린 곰탕이 있을 테지만 여러 일로 바쁜 탓을 대면서
노포를 찾는다.

삼청동 특유의 나른한 분위기가 아직 살아 있는 삼청동 끝자락에 오래된 곰탕집이 있다. 적산가옥의 오랜 세월을 덮었던 하얀색 벽이 노란 진달래색 벽으로 새 옷을 갈아입은 지 옛날이지만, 30년 전통이라고 써 놓은 간판은 여전히 몇 년째 그대로다.

1975년 매일같이 탕을 끓이고 음식을 차린 세 자매가 있고 그 음식으로 주린 배를 채우고 위안을 받았을 사람들이 있는 한 이곳은 그대로일 것 같다. 지금은 세 자매 중 한 명의 할머니와 그 아들 내외가 이끌어간다.

넓지 않은 홀은 입식 테이블 5개와 좌식 테이블 1개가 전부지만 부모님의 손을 잡고 온 꼬마 손님부터, 젊은 연인, 중년의 부부, 머리 희끗한 어르신까지 전 세대를 아우르는 손님들로 비워질 틈 없이 들어찬다. 궁금증을 유발하는 다락방으로 통하는 계단은 지금은 사용하지 않지만 예전에는 손님들도 오르고 내렸다고 한다.

혼자서 먹겠다고 하면 귀한 좌식 테이블에 앉을 수 있는 기회가 주어지는데 이 테이블은 할머니가 고기를 발라내는 작업대의 역할을 하기도 한다. 뜨끈뜨끈한 바닥에 앉아 엉덩이를 지지면서 식사를 할 수 있는 특권은 물론 TV까지 선점할 수 있는 위치로 일부러 혼밥을 자처하고 싶게 만드는 좌석이다. 이곳의 메뉴는 한우만을 사용해서 그날그날 고아낸 곰탕, 도가니탕, 수육이 전부다. 기본 찬도 깍두기, 마늘, 고추장, 소스가 전부지만 이 정도로도 충분하다.

곰탕과 찰떡궁합인 벌건 색의 빛깔 좋은 깍두기는 먹기 좋게 잘 익었지만
흔히 상상하는 곰탕집의 달달한 깍두기와 다르게 단맛이 강하지 않고
깊은 맛이다. 온기가 있는 평상 위에 은은한 파스텔톤 이불을 덮고 있다가
나오는 공깃밥을 받아드니 잊고 있던 옛 기억이 자연스레 떠오른다.
저녁밥이 지어지면 엄마는 가장 먼저 아버지의 밥그릇에 밥을 담아 뚜껑을
덮어 나에게 건넸다. 그러면 나는 이불장 안의 가장 따뜻해 보이는 밍크
이불 사이에 밥그릇을 깊숙이 밀어넣고 아버지의 퇴근을 기다렸다가 식지
않은 밥그릇을 뿌듯하게 아버지에게 내밀곤 했다. 그 기억처럼 온기가
살아 있는 밥은 양은솥에 여러 번 지어내 갓 지은 듯 포슬포슬하고 윤기가
흐른다.

구입해서 소품으로 쓰고 싶을 정도로 욕심나는 뚝배기는 투박한 디자인에
거친 질감이 매력적으로 세월이 덕지덕지 묻어 있다. 그 안에 담겨서 한층
맛있어 보이는 국물은 잡내는 물론 느끼하지 않은 굉장히 깔끔한 맛이
난다. 특히 이곳의 고기 양은 먹어도 먹어도 줄지 않아 이곳만의 인심을
충분히 느낄 수 있다. 곰탕과 도가니탕의 차이는 도가니가 들어가느냐
들어가지 않느냐의 구분으로 분류하는데 취향에 따라 주문하면 된다.
이곳의 곰탕 고기는 갈빗살을 사용해 쫄깃하다. 수육은 고기 없이 도가니만
내오는데 양이 푸짐하다. 그리고 이곳의 곰탕을 먹으면서 엄마가 끓여주는
곰탕을 기다리지 말고 내가 어머니를 위해 곰탕을 끓여야겠다는 생각도
해본다. 같이 늙어가는 처지가 돼버린 엄마와 딸의 공존을 위해서.

집에서 곰탕 맛있게 만들기

곰탕은 그냥 먹어도 좋지만 활용도가 많은 음식이라 김치찌개나 된장국, 수제비 육수로 사용할 수 있으니 대량으로 한 번 만들어 냉동실에 보관하면 오랜 기간 든 든하고 다양한 먹거리의 베이스가 되어줄 것이다.

재료(10인분)

사골 1.5kg, 물 적당량, 송송 썬 대파, 소금과 후추 약간

만들기

1 사골은 흐르는 물에 씻은 후 물에 담가 수시로 물을 교체하며 3~4시간 동안 핏물을 제거한다.

2 들통에 물을 붓고 사골을 넣어 센불로 끓인다. 초벌한 육수는 버리고 뼈에 붙어 있는 기름은 솔로 가볍게 제거한다.

3 사골 양의 3~4배의 물을 붓고 센불로 끓이다가 끓기 시작하면 약불로 줄여 4시간 정도 끓인다. 거품이 생기면 걷어가면서 끓이면 맑은 육수를 얻을 수 있다.

4 국물만 따라낸 후 다시 물을 부어 2~3번과 같은 방법으로 재탕한다.

5 첫 번째 육수와 재탕한 육수를 한데 섞어 다시 한 번 끓여서 곰탕을 완성한다.

6 육수가 식으면 윗부분의 기름기를 걷어낸다. 그릇에 곰탕을 담고 송송 썬 파를 올린 후 소금과 후추로 간을 한다. 남은 곰탕은 소분해서 지퍼팩에 담아 냉동실에 보관하면 여러 음식에 활용하기 좋다.

뭔 맛인지 모르고 먹다가
뭔 맛을 느껴버리는

평양냉면

내 고향은 아니지만
남의 고향 음식에 탄복하다

「옥란면옥」이라는 드라마가 있었다. 지난 해 추석 특집드라마로 남북
정상회담 식탁에 올라 비둘기를 제치고 평화의 상징이 되며 일약 스타가 된
평양냉면을 매개체로 한 이야기다. 실향민과 새터민 등 우리나라가 안고
있는 사회 현안을 감동적이면서도 유쾌하게 그려냈는데 우리가 지켜야 할
것이 정작 무엇인지, 왜 소중한지를 다시 생각하게 만들었다. 드라마 중
인상 깊은 대사가 나오는데 냉면집 아들 봉길을 버리고 떠났던 전 연인
수진이 찾아와 냉면을 먹으며 이렇게 말한다.

"난 진짜 모르겠다. 평양냉면 무슨 맛으로 먹는지, 꼭 비 온 다음 날 땅에서 올라오는 흙냄새 같은 게 나, 국물에서."

나는 피식 웃음이 났다. 그녀의 말처럼 흙냄새를 맡지는 못했지만 비슷한 생각을 하긴 했다. 평양냉면이 뭐가 맛있다고 배고파 죽겠는데 줄까지 서가며 먹어야 하는지, 나를 끌고 간 상사가 원망스러웠던 적이 있었다. 지금은 찾아다니며 먹을 정도로 좋아하지만 그렇게 되기까지 적지 않은 시간과 경험이 필요했다. 그 과정에 자주 찾았던 곳이 있는데 광진구 구의동에 있는 오래된 냉면집이다. 시어머니가 황해북도 사리원 출신인 실향민이라 그 음식을 전수 받아 며느리가 운영하는 이곳은 1968년 개업한 후 증축도 개축도 확장도 하지 않고 변함없는 맛을 유지하고 있다. 육향이 강한 편이라 평양냉면 초보들이 입문하기에도 부담이 없는 곳이기도 하다.

이곳에 들어서면 '大味必淡대미필담'이라고 적힌 액자가 걸려 있다. 정말 좋은 맛은 담백하다는 의미를 전하기 위해 걸었으리라. 메밀을 직접 제분하고 주문과 동시에 반죽으로 면을 만들기 때문에 꼬들꼬들한 끈기가 이곳 면의 특징이다. 면 자체의 향을 위해 통메밀을 섞는데, 껍질이 들어가면서 메밀 향도 더 짙어진다. 속 메밀과 통 메밀을 7 대 3으로 섞어 사용하여 다소 두툼하고 거칠며 투박한 식감이 매력적이다. 씹으면 씹을수록 감도는 단맛과 고소함 때문에 볼 한가득 면을 욱여넣게 만든다. 그렇게 우적우적 면을 씹다가 냉면 국물을 들이키면 그윽한 메밀 향과 어우러지는 엷은 고기 향이 입안에 가득 번지면서 완벽한 조화를 이뤄낸다.

大味必淡

정말 좋은맛은 반드시 담백한 것이라는 뜻. 漢書

냉면 국물의 기본 베이스는 사골이다. 호주산 사골에 말린 생강과 양파, 마늘, 배를 섞어 우린다고 한다. 맑고 투명한 슴슴한 스타일의 냉면 국물과 비교하자면 진한 고기 국물에 속하며 간도 적절히 되어 있어 전혀 밍밍하지 않고 적당하다. 은은하게 올라오는 고기향에 담백한 맛의 무겁지 않은 고기 육수와 동치미 맛이 적절하게 배합되어 군더더기 없는 깔끔한 맛이다.

냉면집치고는 특이하게 테이블마다 배추김치가 항아리에 담겨 있는데 만두나 수육, 편육과 함께 곁들이라고 있는 것 같다. 만두에 김치 한 점 얹어 먹으니 입맛을 돋운다. 이곳 만두는 각종 채소와 고기, 두부를 섞는데 두부 함량이 높아 담백하다. 투박해 보이는 모양만큼 담백한 맛의 만두를 먹다 보면 대미필담이란 문구에 다시 한 번 시선이 머문다.

평양냉면은 단출한 차림에 비해 가격이 결코 싸지 않다. 냉면 한 그릇에 1만 원을 넘어선 지 이미 오래되었고 1만 7천 원으로 올린 냉면집도 있다. 서민음식이라고 하지만 실제는 고급 음식처럼 느껴진다. 재료의 원가가 높은 측면도 있겠지만 그것보단 평양냉면의 브랜드 가치가 올라가면서 가격까지 치솟은 것은 아닌지 싶다. 간혹 납득이 안 되는 가격 수준은 그렇게 할 수밖에 없었나 하는 생각이 들기도 하지만 서북냉면은 그런 면에서 납득이 간다. 8,000원이라는 가격에 평양냉면을 마음 편안하게 즐길 수 있으니 그저 가성비가 좋다,라고 치부하긴 이곳의 내공이 너무 깊고 맛있다.

새로운 아침을
여는 힘

돼지불고기

혼자가 아니라고,
같이 있다고 말해주는 사람들의 등

푸드스타일리스트로 경력이 쌓이다 보니 자연스럽게 푸드코디네이터의
역할이 주어지고, 나아가 리빙 스타일리스트의 영역까지 활동 범위가
확장되었다. 촬영을 하는 프로세스는 동일하지만 준비해야 할 소품과
재료, 현장의 분위기는 확실하게 차이가 있다. 지면 촬영으로 예를 들자면,
음식 촬영의 경우는 음식이나 제품을 올려놓고 찍을 바닥과 식기와
소품, 재료의 준비가 기본인데 업체에 따라서는 촬영장에서 직접 요리를
해야 하는 경우도 있다. 그럴 경우는 조리에 필요한 도구와 재료를 따로
준비해가야 한다.

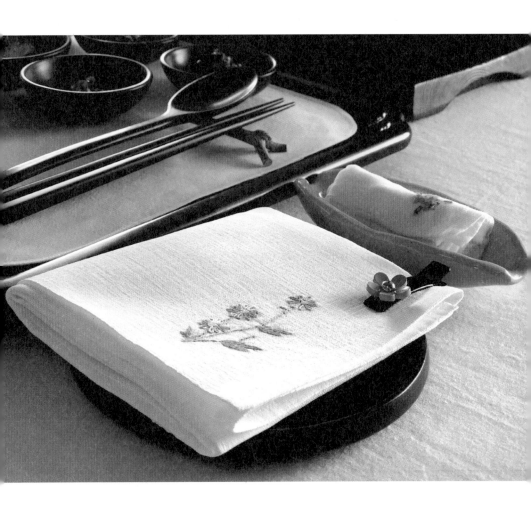

온도와 시간에 민감한 음식 촬영은 촬영장에 도착하는 순간부터 긴장을
놓을 수가 없다. 바로 만든 신선하고 맛있어 보이는 비주얼을 위해
클라이언트의 오케이 사인이 떨어지기 전까지 음식에 기름을 칠하고
물을 뿌려 신선한 상태를 유지시켜야 한다. 철저한 준비도 중요하지만
촬영장에서의 진행이 더 중요한 것이다. 반면 리빙 촬영의 경우는
음식촬영 진행보다 준비하는 과정이 더 어렵고 까다로운 경우가 많다.
배경으로 세트가 필요할 때는 제작을 해야 하고 세상에 존재하지 않는
소품이 필요하다면 직접 제작한다. 계절을 앞서서 식재료를 준비하느라
농장까지 쫓아가야 하는 것은 음식 촬영과 마찬가지로 앙상한 나뭇가지
앞에서 만개한 꽃을 찾아야 할 경우는 허다하고 허다한 일이다.

하지만 며칠을 시장 바닥을 뒤져서 발견한 재료가 역할을 다해서 사진
속에서 제대로 표현될 때는 그간의 고생은 다 잊게 할 만큼 희열이 있다.
준비가 완벽하게 끝났다면 촬영은 순조롭다. 준비 과정이나 현장의
분위기는 다르지만 일을 하면서 느끼는 적당한 긴장감과 재미, 성취감이
있기에 어떤 촬영이건 기대감을 안고 촬영에 임한다.

몇 년 전부터 리빙 촬영이 많아져서 새벽 꽃시장을 찾는 빈도가 잦아졌다.
기본적으로 소품이나 재료 준비는 촬영 전날에 완벽하게 준비해두는
것을 원칙으로 하고 있지만 꽃과 소재는 좋은 컨디션을 위해 촬영 직전에
구입한다. 촬영 시작 시간은 보통 오전 10시, 스튜디오와 클라이언트가
강남 쪽에 몰려 있다 보니 꽃시장에서 새벽 장을 보고 촬영장으로 출발하면
시간이 딱 맞는다.

이때 꽃시장으로 출발하기 전 들러야 할 곳이 있는데 청파동에 있는
기사식당이다.

아침이 밝아오기 전 가게 문을 열고 들어서면 새벽을 뚫고 달려온 택시
기사님들은 이미 식사 중이다. 순두부, 비빔밥, 삼계탕, 대구매운탕 등
다양한 메뉴가 준비되어 있지만 식당 안은 불고기 냄새로 가득하다. 자리를
잡고 앉아 메뉴판을 볼 필요도 없이 나도 불고기백반 하나를 주문한다.
일의 특성상 식사 때가 따로 없어서 혼밥을 자주 먹게 되는데 의외로 육류는
1인분을 판매하는 곳이 많지 않다. 혼자라고 거절당한 경험이 많은 나는
이곳이 그저 감사할 따름이다. 이 같은 새벽에도 아침밥을 챙기는 사람이
있다고 말해주는 택시 기사님들의 존재는 내 어깨를 살짝 올려준다.

이곳의 돼지불고기백반은 불고기판 가장자리에 김치를 올려 불고기
육수와 함께 끓여 먹는 방식인데 매우 신선하다. 활활 타오르는 가스 불에
돼지불고기는 맛있게 익어가지만 고기가 수분 부족으로 퍽퍽해질 수
있으니 수시로 국물을 끼얹어주는 것이 중요하다.
이때 육수는 김치가 들어갔기 때문에 주방 맞은편에 준비된 국물을 챙겨
부어주는 것이 좋다. 뭉근하게 끓이면서 간이 세진 불고기 국물에도 넣어
주면 마지막 한입까지 적절한 간의 국물을 즐길 수 있다.
그냥 먹으면 은은한 생강 향이 매력적인 맛있는 돼지불고기로
기억되겠지만, 시큼한 김치를 같이 끓여 먹으면 달달하고 부드러운 불고기
국물이 시원하고 얼큰한 김치 국물로 변신하며 굉장히 특별해진다.

고기는 상추에 싸서 먹어도 되고 김치와 곁들여도 된다. 시원한 국물에 밥을 비벼 먹다 보면 어느새 밥 한 공기는 깨끗하게 비워져 있다.

35년 넘게 입맛 까다롭기로 둘째가라면 서러운 택시 기사님들의 방문이 끊이지 않고 계속되는 것은 신박한 돼지불고기의 공이 가장 크지만 먹는 행위 자체를 즐기며 든든한 밥 한 끼를 부담스럽지 않은 가격으로 먹을 수 있기 때문이 아닐까 싶다.

밤새 잠자고 있던 몸과 뇌를 깨우고 능률을 높이기 위해 아침에는 탄수화물 섭취가 무엇보다 중요하다. 새벽녘 먼동이 터오는 이른 아침에 누군가의 등을 보면서 끼니를 때우는 것만이라도 힘이 솟을 때가 있다.

혼자지만 혼자가 아니라고, 이 시각 같이 있다고 말해주는 사람들의 존재는 꽃시장을 향하는 내 걸음을 힘차게 한다.

집에서 돼지불고기 맛있게 만들기

달달하고 부드러운 맛으로 남녀노소 누구나 좋아하는 소불고기 대신 저렴한 가격으로 그 맛과 영양을 대신할 수 있는 돼지불고기에는 앞다리 살을 사용한다. 앞다리 살은 순살과 지방이 적당히 분포되어 있어서 육질이 부드럽고 다른 부위에 비해 가격도 저렴하다. 일반적으로 요리에 가장 많이 사용되는 부위로 찌개, 볶음, 수육 등 다양한 용도로 사용되고 있다. 채수를 붓고 불린 당면과 당근, 부추, 버섯 등의 채소를 넣어 전골처럼 색다르게 즐겨도 좋다. 채수는 여유 있게 끓여서 냉장고에 보관하여 다양한 요리에 사용하면 요리에 감칠맛을 더할 수 있다.

재료(2인분)

돼지고기 앞다리 살(제육용) 400g, 양파 1개, 대파 2대, 신김치 적당량, 채수 약간

양념 : 다진 마늘 1큰술, 생강즙 1큰술, 매실원액 1큰술, 설탕 1큰술, 간장 3큰술, 청주 2큰술, 멸치액젓 1큰술, 참기름 1큰술, 후추 1작은술, 채수나 물 4큰술

채수 : 물 1.82L, 말린 표고버섯 4개, 다시마(10cm×10cm) 2장, 무 100g

만들기

1 냄비에 물, 표고버섯, 적당히 자른 무를 넣고 센불로 10분간 끓이다가 중불로 줄여서 10분간 더 끓인다. 체에 걸러서 채수를 완성한다.

2 돼지고기는 먹기 좋은 크기로 잘라 볼에 담고 고기 양념을 모두 넣어 조물조물 버무린다. 냉장고에 반나절 정도 재워둔다.

3 양파는 채 썰고, 대파는 어슷 썬다.

4 달군 팬에 재워둔 돼지고기를 넣고 중불로 볶다가 돼지고기가 익기 시작하면 양파와 대파를 넣고 센불로 빠르게 볶는다. 중간중간 채수를 조금씩 넣어가며 볶으면 촉촉한 돼지불고기를 먹을 수 있다.

※ 돼지고기를 볶을 때 신김치를 함께 넣어 볶으면 색다른 돼지불고기를 맛볼 수 있다.

너와 나의 취향이
공존되기 위해서

육개장칼국수

너는 좋았지만 나는 좋지 않았을 수도
나는 좋았지만 너는 좋지 않았을 수도

사랑의 유효 기간이 있듯, 취향에도 유효 기간이 있을까? 만약 있다면
'변함없이'라는 것도 꽤나 힘들 것 같다. 같은 것만 좋아하는 마음이라니.
꽤나 단조로운 삶이지 않을까 생각하지만 취향이라는 것을 무시하면
안 된다. 모든 사람들은 자신의 취향에 맞게 생활한다. 가급적 자신이
좋아하는 스타일을 입고, 자신이 좋아하는 음식을 먹는다. 같은 음식이라고
해도 먹는 방식에 따라 취향이 나뉘기도 한다. 더불어 내가 좋아하는
음식이 다른 사람에겐 그다지 와 닿지 않는 것일 수도 있다. 그래서 취향은
존중받아야 하고, 존중해야 한다.

나는 문배동 육개장칼국수를 좋아한다. 1980년 소박하게 시작한 이곳은
육개장에는 밥이라는 공식을 깨고 칼국수를 넣었다. 손님의 아이디어로
탄생했다는 육칼은, 나에게 신선한 음식이었다. 그래서 이곳의 육개장을
먹기 위해 짧다면 짧은 시간인 점심시간에 택시를 타고 달려가 먹고 온 적도
있다. 하지만 이 음식은 호불호가 갈린다. 맛있다는 평을 내놓는 사람이
있는 반면 그다지 당기지 않는다는 평을 내놓는 사람도 있다. 그래서 음식은
취향의 문제일 수 있다.

이 책에서 제안하는 음식 또한 그렇다. 누군가에게는 신통치 않은 반응을
보일 수도 있을 것이다. 그런 부분을 감안하고 가게를 선정한 것은,
오랫동안 푸드스타일리스트로 활동하는 동안 많은 식당을 돌아다녀본
경험이 있기 때문이다. 다소 자신의 기대와는 다르다고 실망하지 말고, 이런
맛이 있구나 하는 너그러운 마음으로 받아들여주기 바란다.

나는 세월이 흘러도 변함없이 정겨운 외관과 노포만이 가진 분위기 때문에
이곳을 좋아한다. 문을 열고 들어서면 얼큰하면서도 매콤한 육개장 냄새가
풍기는데 혼자 먹어도 부담을 주지 않는 곳으로 브레이크 타임이 따로 없어
언제든 찾아가도 된다. 메뉴는 육개장칼국수, 육개장, 칼국수가 전부다.
한눈에 보아도 얼큰해 보이는 것이 식욕을 당기게 하는 육개장은 자극적인
매운맛이 아니라 얼큰하게 매운맛으로 진한 사골 육수의 깊은 맛과 대파의
개운한 맛이 국물에 오롯이 느껴져 좋다. 대량의 대파와 국내산 청양
고춧가루, 마늘을 듬뿍 넣어 푹 우려낸 덕에 느끼지지도 텁텁하지도 않은
시원한 맛의 칼칼하고 걸쭉한 육개장이다.

물이 아닌 시골 국물에 삶아 간이 살짝 배어 있는 칼국수 면은 이곳
수저통에 적힌 '문배동 육칼 맛있게 드시는 방법' 대로 여러 번 나눠
육개장에 넣어 건져 먹는다.

아낌없이 넣은 소고기 양지와 달달한 대파, 입에 착 감기는 국물에 넣어
먹는 부드러우면서도 목 넘김이 좋은 부들부들한 칼국수는 후루룩 먹을
때보다 먹고 난 다음 날에 더 생각나는 중독적인 맛이다. 육칼 1인분에
나오는 칼국수 면은 내 기준으로 보면 두 명이 먹어도 배부를 정도로
푸짐하지만 이건 내 위가 작은 탓일 수도 있다. 누군가에겐 적을 수도
있으니 그럴 땐 공깃밥을 추가해서 먹으면 된다. 육개장을 주문하면 적당한
양의 칼국수와 공깃밥이 함께 나온다. 다만 나의 취향엔 육개장에 의례
들어가는 고사리나 토란대가 없는 것이 섭섭하다. 하지만 육개장에 들어간
고사리가 싫어 먹지 못하는 사람들도 있다고 하니 그런 분에게는 이곳의
육개장이 딱 알맞을 수 있다.

집에서 육개장 맛있게 만들기

복날 삼계탕 대신 만들어준 엄마의 육개장은 더위에 지친 가족들의 원기를 회복시켜주었다. 콧등에 송골송골 맺힌 땀과 이마에서 뚝뚝 떨어지는 땀을 연실 닦아내는 우리를 흐뭇하게 바라보던 엄마를 생각하며 며칠 배불리 먹을 수 있는 육개장을 만들어보자.

재료(2인분)

소고기 양지 300g, 다시마(10cm×10cm) 2장, 물 3컵, 대파 4대, 삶은 고사리 60g, 삶은 토란대 60g, 무 30g, 숙주나물 150g

양념 : 다진 마늘 3큰술, 국간장 2큰술, 진간장 4큰술, 된장 1큰술, 고춧가루 2큰술, 고추기름 1 큰술, 참기름 1큰술, 후추 약간

만들기

1 소고기는 물에 1시간 정도 담가 핏물을 빼는데 중간중간 물을 한 번씩 갈아주는 것이 좋다.

2 냄비에 소고기, 다시마, 물을 넣고 센불에서 끓이다 물이 끓어오르면 중불로 줄여 5cm 길이로 자른 대파 3대 분량을 넣고 1시간 정도 끓인다. 이때 떠오르는 불순물은 걷어내야 국물이 깔끔하다.

3 육수가 완성되면 면보에 걸러내고 삶은 소고기는 꺼내서 결대로 찢는다.

4 고사리와 토란대는 5cm 길이로 자르고, 자른 토란대는 결대로 잘게 찢는다. 무는 5cm×0.5cm 크기로 썬다.

5 양념장을 만들어 소고기, 고사리, 토란대를 넣고 버무린다.

6 냄비에 육수와 무를 넣고 끓이다가 무가 투명해지면 양념해둔 재료를 넣고 30분 정도(재료가 부드럽게 익을 때까지) 센불로 끓인다. 남은 대파를 넣고 약불로 10분 정도 끓이다가 숙주를 넣고 5분간 더 끓이면 완성이다. 간이 부족하면 소금으로 맞춘다.

※ 고사리와 토란대는 삶은 것을 구입하면 편하게 요리할 수 있다.

잠시 뒤로 물러나야
만날 수 있는 사람들

물회

한 발짝 물러나면
한 발짝 물러난 세상이 보인다

불행은 한 번에 몰아친다. 하나의 불행이 천천히 준비하는 시간을 주면서
다가온다면 지혜를 짜고 모아 어떻게든 방비를 하겠지만 불행은 갑자기,
느닷없이, 불현듯 찾아온다. 하나만 오면 그나마 너그럽게 맞아줄 수 있다.
하지만 불행은 나에게 준비할 시간을 주지 않고 연타로 몰아쳐 휘갈긴다.
실직에 이혼까지 당한 한 가장은 아니더라도, 죽음밖에 생각하지 못할
정도로 막다를 정도는 아니더라도, 연거푸 찾아온 좋지 않은 소식에 모든
것을 다 내려놓고 싶을 때가 있다.

'왜 나만'이라는 생각 또한 더욱 침체될 수 있기에 하나씩하나씩 풀다
보면 괜찮아질 것이라고 애써 긍정적으로 받아들이려고 노력하지만
그런 마음까지 버거울 때가 있다. 이럴 땐 잠시 뒤로 물러나는 것이 좋다.
굳이 애써 풀려고 노력할 필요도, 부정적인 상황을 애써 긍정적으로
받아들이려고 노력할 필요도 없이, 무언가를 해보려는 나 자신을
내버려두는 것이 좋다.

일본에서 돌아와 한국에서 푸드스타일리스트로의 경력을 다지고자
결심했지만 계획대로 일이 풀리지 않았다. 경제적이나 일이 돌아가는
상황이 나를 적으로 돌려 상대하는 것 같았다. 그래서 난 식재료부터
공부하자는 마음으로 워킹홀리데이를 선택했다. 그렇게 떠난 호주에서
식재료가 흙에서 얻어지고 소비되는 과정을 몸소 체험할 수 있었고, 다양한
나라와 계층의 사람들과 협조를 이뤄 일을 할 기회도 주어졌다. 인천공항을
떠날 때는 앞만 보고 있었지만, 돌아왔을 때는 앞을 보다가 잠시 옆도
둘러보고 하늘도 올려다볼 줄 아는 내가 되어 있었다.

가장 흔한 말, 누군가를 위로할 때 가장 잘 쓰는 말인 '이 또한
지나가리라'라는 말이 진리인 것처럼 시간이 지나면 불행이 행운으로
변할 때도 있는 법이다. 호주에서의 경험은 시기적절하게 쓰이고 그곳에서
만난 다양한 사람들은 나의 든든한 지원군이 되어줄 때가 있으니 불행을
피하려다 행운을 얻어 돌아온 셈이다. 그때의 그리운 친구들이 생각날 때면
물회도 함께 생각난다. 다양한 생선이 만나 감칠맛이 극대화되는 새로운
맛을 탄생시키니, 다양한 나라의 사람들이 모여 함께 일하며 성취감을

느꼈던 그때의 우리들 같다는 생각이 들었다.

해안가를 대표하는 물회는 지역 특색에 따라 들어가는 회가 다르다. 주로 오징어나 생선회를 사용해 살얼음 동동 뜨는 고추장을 푼 육수에 부어져 나오는 익숙한 맛의 강릉 속초 물회나 고추장을 따로 넣어 비빈 후 찬물을 부어 먹는 투박한 맛의 경북 포항 물회, 자리돔이나 한치를 뼈째로 썰어 된장을 풀고 제피 잎을 넣어 비벼 먹는 구수한 맛의 제주 물회 등 형태는 비슷하지만 재료와 소스가 지역의 개성을 입고 있다. 해안가 지역을 가면 반드시 먹고 와야만 할 것 같은 의욕을 불러일으키지만 서울에 있다 보면 쉽게 먹지 못한다. 좀 더 젊었을 시절엔 역마살이 발동해 어떻게든 먹으러 내려갔겠지만 녹번동에 있는 횟집 덕분에 내려가는 수고를 하지 않게 되었다.

불광동에서 지금의 장소로 이전하면서 확장했다는 이곳은 여름엔 가게 앞에 늘어선 의자에 앉기조차 힘들 정도로 동네사람들에게 유명한 로컬 맛집이다. 사장님이 울릉도 출신이라 울릉도 사진이 곳곳에 걸려 있다. 서울로 상경한 사장님이 다른 집 물회를 먹어보고 울릉도의 물회가 그리워 차렸다는 이곳은 물회만으로도 울릉도를 찾아갈 필요를 느끼지 못할 만큼 훌륭하다. 물회는 계절이나 해산물 채취 상황에 따라 달라지지만 바다의 파인애플 샛노란 꽃멍게와 주황빛 비단멍게, 오독오독 씹히는 거무스름한 해삼, 자르르 윤기가 흐르는 쫄깃한 광어회, 식감 좋은 참소라, 바다의 보물 쫄깃한 전복은 한결같이 맛볼 수 있다. 다만 야들야들 잘 삶아낸 문어숙회를 맛볼 수 있는 날은 꿈틀거리며 질긴 생명력을 보여주는 낙지를 맛볼 수 없고, 낙지를 맛보는 날은 문어를 맛볼 수 없다.

259

보는 것만으로도 침샘을 자극하는 푸짐한 물회는 신선함 그 자체로 입안 가득 바다 내음이 파도처럼 밀려오고, 해산물과 활어회의 풍성한 맛을 쏟아낸다. 야들야들, 꼬들꼬들, 탱글탱글, 쫄깃쫄깃, 부드러운 식감이 어우러져내는 식감의 향연에 먹는 내내 입이 호강하는 기분이 든다. 원래 물회는 선도가 떨어지는 해산물의 맛을 덮기 위해 만들어졌지만 이곳의 물회는 그런 걱정을 하지 않아도 된다. 특히 과하게 시거나 과하게 달지 않은 혀에 착 감기는 묘한 중독성의 육수에 국수를 말아 먹으면 이 또한 별미다. 국수를 말아 먹고 남은 육수에 식은 밥을 말아 먹으면 배가 불러서 터질 정도로 완벽한 식사가 마무리된다.

호주에서 함께한 친구들이 한국에 놀러오면 꼭 데려가 맛보이고 싶은 요리인 물회. 아마 내가 그때 한국에서 혼자 전전긍긍하며 어떻게든 해결하려 노력했다면 아마도 난 지금 푸드스타일리스트가 되어 있지 않았을지도 모른다.
너무 힘들면 탁 손을 놓는 법, 그저 편안해지고 싶어 하던 대로 디자인을 하며 현실에 안주했을지도 모르겠다.

잠시 뒤로 물러나 새로운 경험을 하고 다른 사람들과 공존하다 보니 다시 시작할 수 있는 자신감이 붙었다. 잠시 잠깐이라도 도전했다는 것, 함께 했다는 것, 함께 갔다는 것은 이런 힘을 가지고 있다.

집에서 물회 맛있게 만들기

물회의 맛을 좌지우지하는 첫 번째는 신선한 회와 해산물이지만 그에 못지않게 육수도 중요하다. 육수를 만들 여유가 없다면 냉면 육수를 이용하면 비교적 간단하게 물회를 만들 수 있다. 물회의 시원한 느낌을 살리기 위해서 주로 사용하는 그릇은 투명한 유리그릇이나 사기그릇이지만 유기그릇이나 옹기를 사용하면 시각적으로나 기능적으로도 훌륭하게 담아낼 수 있다. 유기그릇에는 보냉, 보온 효과가 있어서 시원한 물회를 담으면 더욱 시원하게 즐길 수 있고, 평범한 물회에 고급스러움을 더할 수 있다. 또한 옹기는 내열성이 높아 물회의 시원함을 오래 유지시켜주고 향수를 자극하는 소박한 멋을 음식에 입힐 수 있어 소품으로도 자주 사용한다.

재료(2인분)

회는 취향껏 준비, 배 50g, 양배추와 적채 50g, 오이 50g, 당근 50g, 양파 50g, 깻잎 2장, 김가루 약간

육수 : 마늘즙 1큰술, 생강즙 1작은술, 고추장 2큰술, 레몬 식초 3큰술, 설탕 1큰술, 매실청 2큰술, 국간장 1작은술, 연겨자 1작은술, 참기름 1큰술

만들기

1 볼에 육수 재료를 모두 넣어 섞고 냉장고에 넣어 차게 식힌다.

2 배, 양배추, 적채, 오이, 당근, 양파는 비슷한 크기로 얇게 채 썰고 깻잎은 돌돌 말아서 채 썰어 물에 헹궈 건져 놓는다.

3 그릇에 깻잎을 제외한 채소를 담고 위에 회를 가지런히 얹는다.

4 깻잎을 올리고 차게 식힌 물회 육수를 붓는다. 마지막으로 참기름을 넣어 고소한 맛을 살린다.

CHAPTER 5

COMFORT

慰安

토닥토닥,
날 위해서

누런 갱지에
가득 담겨진

수제 전병

아버지는 건넸고,
엄마는 숨겨두었다가 슬쩍 상 위에 올려놓았다

한잔을 꺾은 아버지는 집으로 오는 길, 전병 한 봉지를 사오셨다. 한잔을
왜 꺾었을까? 안 좋은 일이 있었던 걸까, 좋은 일이 있었던 걸까. 살다
보면 좋은 일보다 안 좋은 일이 더 많았을 텐데 용케 전병을 사가지고
온 아버지의 손은 가벼우면서도 무거웠을 것이다. 잠든 아이들에게
'다녀왔다'라는 표시의 미소를 지은 뒤 아내에게 건넨 전병 한 봉지. 엄마는
그 전병을 찬장 안 깊숙이 넣어두셨다. 아이들에게 줄 깜짝 선물.

하루가 다르게 자라는 아이들이 예쁜 짓만 할까? 온갖 미운 짓을 다 하고 다닐 나이에 혼내는 날이 더 많았던 나날 중 호되게 야단을 치고 슬쩍 접시에 담아 상 위에 놓았던 미안함이 섞인 전병. "너 잘되라고 그런 거야"라는 말이 숨겨진 전병. 아버지와 엄마는 그런 식으로 쿵짝이 잘 맞았다.

일제강점기 영향으로 전병煎餅을 센베이라고 불렀다. 센베이는 기름에 지진 과자란 뜻으로 일본 나라시대에 중국에서 전해진 과자에서 비롯된 것으로 알려져 있다. 센베이는 일본 에도시대 때 서민들 사이에 본격적으로 보급됐는데 주로 간사이 지역은 밀가루로 만들고, 간토 지역은 쌀로 만들었다. 우리나라의 지짐들도 전병에 속한다고 할 수 있다. 다시 말해 한국, 중국, 일본 세 나라 모두 전병이라는 과자가 있었고 그 원형은 중국인 것이다.

전병을 먹는 아이들이 있을까 싶을 정도로 화려한 디저트가 대세를 이루는 요즘, 전병을 먹겠다는 의지가 생겼다는 것만으로도 나이가 먹었다는 증거가 될까. 전병은 30대 혹은 40대에겐 추억의 과자다. 난 이 추억의 과자가 먹고 싶으면 경복궁 옆 내자동으로 간다. 그곳엔 전병을 수제로 만들고 있는 오래된 과자점이 있다.

전병은 이상하게도 겨울이면 더 생각이 난다. 누런 갱지에 담긴 푸짐한 전병을 건네주던 아빠의 벌겋게 얼은 손과 함께 말이다.

다양한 취향을 가졌던 가족을 위해 아빠는 모든 종류의 전병을
담아오셨는데, 다양한 맛을 즐기는 지금과는 다르게 그때의 선택은 언제나
부채 과자였다.
삼각형의 휘어진 모양뿐만 아니라 전병에 파래가 올라간 부분을 유독
좋아했던 나는 그 부분만 잘라서 먹다가 엄마에게 혼이 나곤 했다.

어릴 적 동네에 하나쯤 있었을 법한 과자점의 외형은 허름하고 낡았지만
세월의 손때가 묻어 언제 찾아가도 편안함과 위로를 준다. 반복적으로
들리는 찰캉거리는 소리에 발걸음을 멈춰 들어선 가게 안쪽에는 가스불의
열기와 땀으로 범벅된 장인의 모습이 눈에 들어온다. 가게 밖까지 풍기던
고소한 냄새의 진원지를 눈으로 확인하니 가지런히 진열되어 있는 과자
하나에도 담겼을 노고가 절로 느껴진다.

신림동에서 시작한 내자땅콩은 1976년 현재의 자리 내자동으로 옮겨
전병을 구워오는 사이, 인상 좋은 사장님 부부가 건네주던 과자봉지는 이젠
아들의 몫이 되었다. 멀리서 부러 찾아오는 단골손님을 반갑게 맞아주는
가게. 예전 연탄으로 굽던 시절에 비하면 훨씬 나아진 환경이라고는 하지만
수작업으로 과자를 굽다 보니 하루에 만들 수 있는 전병은 한 종류로
기껏해야 130봉지가 전부란다. 개업 당시 전병보다 땅콩이 주력상품이어서
내자땅콩이라 상호를 지었지만 입소문을 타고 전병의 인기가 높아지면서
지금의 모습을 갖추게 되었다.

하루 정도 숙성시킨 반죽에는 밀가루 외에도 땅콩가루와 깻가루가 들어가 있어 다른 곳과 비교를 거부하는 고소함을 가진다. 기성과자로는 흉내 낼 수 없는 수제과자 특유의 바삭한 질감과 뒤에 남는 기분 좋은 달달함은 "다녀왔다"는 아버지의 편안한 미소를 닮았다. 알땅콩만을 고집하는 자부심으로 만드는 땅콩이 쏙쏙 박혀 있는 극강의 고소한 맛을 맛볼 수 있는 땅콩전병과 베어 물 때마다 파래의 향긋함이 전해지는 파래전병, 호불호가 갈리는 달콤쌉싸름한 생강전병을 대신해 간 생강을 반죽에 넣어 은은한 맛과 향으로 누구나 즐길 수 있게 만든 생강전병은 내자땅콩을 대표하는 전병 3총사다. 그 외에도 이가 약한 부모님도 걱정 없이 드실 수 있는 한입에 쏙 들어가는 둥글둥글 귀여운 오란다와 알땅콩 위에서 한바탕 뒹굴다가 나온 듯 땅콩을 잔뜩 뒤집어 쓴 땅콩범벅, 이름만 들어도 추억이 소환되는 하스, 매화 샌드, 깨돌이 등 전통과자가 아담한 가게 안을 가득 채우고 있다.

한 봉지에 7,000원이라는 가격은 전통시장, 오일장, 트럭에서 사 먹는 전병에 비해 조금 비싼 가격이지만 손으로 하나하나 정성 들여 만든 수제 전병의 맛을 보고 나면 공장표 전병과는 확연히 다른 맛의 차이를 느낄 수 있다. 우선 재료를 아끼지 않아 맛이 풍부하고 향이 진하다. 두꺼운 철판을 사용하는 덕에 오랫동안 열을 전달받아 훨씬 바삭하게 구워지고, 적당히 두툼하면서도 가벼워 입안에서 스르륵 녹아내린다.

발목을 잡아 끌던 고소한 냄새만큼 고소하고, 과하게 달지 않아
먹어도먹어도 질리지 않는다. 맛으로만 보자면 모든 것이 부족하던 시절,
최고의 간식이었던 그 맛보다 더 맛이 있다.

부모님이나 연세 있는 지인에게 선물하면 이야기보따리를 자연스럽게
풀어줄 것 같은 시간을 담아낸 수제 전병. 종류별로 맛보고 싶어 한 봉지씩
구입한 전병을 언제 다 먹을까 잠시 고민하다가 누런 갱지를 꺼내 종류별로
골고루 담아본다. 그러고는 가벼운 묵례 정도만 건네던 이웃에게 살포시
전병을 건넨다. 귀여운 외모와는 다른 저음의 매력적인 목소리로 감사를
표하는 그녀의 환한 미소가 화답을 해준다. 그녀와 나의 거리가 한뼘쯤
가까워진 기분이 드는 건 나만의 생각일까.

**살다 보면 이런저런 일로 침체기의 늪에 허우적거릴 때가
있다. 침체기뿐인가, 불현듯 솟아오른 돌부리에 걸려
넘어져 심한 상처를 받을 때도 있다. 이때 부모님이 한없이
퍼주었던 사랑은 날 토닥인다. 툭툭 털고 다시 일어나라고,
다 너 잘되라고 생긴 일이라고, 앞으로도 그런 일들은 숱하게
일어나겠지만 더 이상 그것에 상처받지 말라고, 말하는
듯하다. 수제 전병은 나에게 위안과도 같은 음식이다.**

집에서 콩가루검은깨 전병 맛있게 만들기

좋아하는 과자를 얻기 위해 재롱도 마다하지 않던 시절에는 감히 엄두도 낼 수 없었던 전병 만들기는 의외로 간단하다. 전병 틀을 갖추기 어렵다면 튀일을 만들 듯 오븐에 구워 밀대 위에 올려 모양을 잡으면 된다. 오븐이 없다면 약불에 팬을 올려 구워 낸 뒤 모양을 잡으면 된다. 진한 콩가루의 향과 검은깨의 고소한 맛이 매력적인 이 전병은 차와 궁합이 잘 맞으며 전병 사이에 아이스크림을 올려 먹어도 맛있다. 콩가루 대신 다른 재료를 사용하거나 전병 위에 올리는 토핑을 달리하면 간단하게 원하는 수제 전병을 만들 수 있다.

재료(20장)

박력분 30g, 무염버터 30g, 콩가루 30g, 검은깨 30g, 흑설탕 30g, 달걀 흰자 1개

만들기

1 버터를 전자레인지에 30초간 돌려 녹인 후 볼에 담아 설탕과 함께 잘 섞는다.

2 1에 달걀 흰자를 넣어 거품이 날 정도로 풀어준 후 체 친 박력분과 콩가루를 넣고 가볍게 섞는다.

3 2에 참깨를 넣고 섞는다.

4 팬에 유산지를 깔고 수저로 반죽을 떠서 지름 10cm 크기의 얇고 평평한 모양을 만든다.

5 170도로 예열한 오븐에 넣어 8~10분 정도 노릇하게 굽는다.

6 오븐에서 꺼내 밀대 위에 올려 식힌다.

<u>비 오는 날 친구와
딱 한잔</u>

곰장어

친구와 호탕하게 대화를 나누고 싶은 밤,
너도 먹었고, 나도 먹었던 곰장어를 굽는다

유난히 하루 종일 되는 일이 없는데다 비까지 오면 친구에게 전화를 걸고
싶다. "부침개라도 같이 부쳐 먹을래?" 라는 질문에 "기다렸어"라는 대답을
해주는 친구라면 더할 나위 없다. 정말 기다렸을까? 물론 그럴 수도 있지만
친구의 목소리에 심상치 않음을 느끼고, 자신의 스케줄을 전면 취소하면서
만나주는 친구가 있다는 것은, 누구에게나 다소 차이는 있지만 각박한
세상살이를 사는 데 큰 위로가 된다. 그렇다고 누군가의 집에서 실질적으로
부침개를 부쳐 먹자는 의미는 아니다. 단지 함께 있고 싶을 뿐이다.

그래서 우리는 같이 있으면 마음이 편안한 장소를 찾게 된다. 너도 갔고, 나도 가본 적이 있는 가게. 서로의 취향이 일치해 "찌찌뽕"을 외칠 수 있는 가게를.

자연스레 친구와 나의 발걸음이 멈춘 곳은 빗소리를 안주 삼아 소주 한잔 기울이기에 딱 좋은 분위기를 가진 곰장어집이다. 불광동에서 한자리를 지켜온 터줏대감이라고 할 수 있다. 옛날 분위기가 물씬 풍기는 실비집 스타일의 가게 안은 삼삼오오 둘러앉을 수 있는 테이블과 회식이나 모임을 하기 좋은 방으로 분리되어 있는데, 어느 쪽이건 언제나 사람들로 북적거린다.

메뉴는 숯불에 구워 먹는 곰장어와 무뼈닭발, 주꾸미(가족 단위 손님을 위해 최근에는 돼지 양념구이를 팔기 시작했다)로 단출한데, 2명이 방문할 경우는 언제나 소금곰장어와 양념곰장어를 각각 1인분씩 주문한다. 곰장어에 찰떡궁합인 달걀찜과 소주도 함께 주문하면 기본찬과 숯이 테이블에 세팅된다.

벌겋게 달아오른 숯불 위로 소금곰장어가 먼저 올라간다. 곰장어 본연의 맛을 즐기기엔 제격인데 오돌오돌 씹히는 식감과 씹을수록 그대로 전달되는 달달한 맛, 감칠맛이 소주를 절로 부른다. 특히 곰장어는 특유의 향이 센 편이라 상추가 아닌 깻잎에 싸서 먹어야 시너지 효과가 난다.

양념곰장어는 숯불에 1차로 초벌이 되어 나오는데 양념으로 인해 불판이
쉽게 타버릴 수 있어 불판에 올리자마자 한입 크기로 잘라서 가볍게 익혀
먹으면 된다. 숯불 연기와 함께 맛깔나게 익은 곰장어는 매콤달콤한 양념이
푹 배어서 별도의 소스를 곁들일 필요 없이 그대로 먹어도 맛있다.

곰장어와 함께 먹을 수 있는 열무국수는 후식이라고 하기엔 양이 많을
정도다. 탱탱하게 살아 있는 면발과 아삭한 열무의 완벽한 조화는 국수
전문점에서 먹는 것과 견주어도 부족함이 없다.

곰장어가 노릇노릇 구워지며 꿈틀거리는 모습은 곰장어를 좋아하는
사람에게도 익숙해지지 않는 풍경이다. 곰장어를 자르면 나오는 국수 가락
같은 척수를 처음 본다면 식겁하게 될지도 모른다.

모든 상황이 여의치 않게 돌아갈 때 한바탕 수다를 떨 수 있는
친구와 곰장어를 먹으며 나름 무언가를 원망하면서
소주 한잔을 들이켜보라고 권하고 싶다.
집으로 돌아가는 길, 친구와 소주와 곰장어의 힘을 받은
기운으로 억누르던 무언가를 밀어낼 수도 있지 않을까.

집에서 달걀찜 맛있게 요리하기

곰장어나 삼겹살, 주꾸미 등을 먹을 때 조연의 역할을 톡톡히 해내는 달걀찜은 재료도 간단하고 만드는 방법도 어렵지 않다. 그 간단하고 평범한 달걀찜으로 금방이라도 흘러넘칠 것 같은 활화산의 비주얼을 만들어 식탁 위 시선을 고정시켜보자. 먹음직스러운 비주얼만큼 보들보들 부드러운 식감도 일품이다.

재료(2인분)

달걀(왕란) 4개, 다시마 물(1L의 물에 다시마(10cm×10cm) 1장을 넣고 2시간 동안 우려낸 물) 1컵, 새우젓(곱게 다진 것) 2작은술, 통깨 약간

만들기

1 볼에 달걀, 다시마 물, 새우젓을 넣고 거품기로 골고루 섞다가 체에 내린다.

2 뚝배기에 체에 내린 달걀물을 붓고 센불에서 끓이다가 바닥이 익기 시작하면 숟가락으로 위아래를 골고루 섞는다.

3 달걀찜의 표면이 몽글몽글해지면 뚜껑을 덮고 불을 끈 뒤 1분 동안 뜸을 들인다.

4 마지막으로 통깨를 뿌리면 완성이다.

277

나의 세계가 좁아질 때마다
먹는

팥죽

문 앞에 선 망설임도, 지극히 큰 욕심이라는 것을 깨달을 때
나를 위로해줄 무언가를 찾게 된다

가능성이 적어지고 있다고 느낄 때가 많아진다. 나이를 한 살 한 살
먹을수록 그런 생각은 더욱 커진다. 등 뒤에서 가능성의 문이 닫히는 소리가
들릴 때면 어떤 문이 닫혔는지 뒤돌아서서 확인해야 하는데 그럴 용기도
생기지 않는다. 그러면 점점 나의 길은 좁아진다. 남의 길은 뻥뻥 뚫린
8차선 도로처럼 보이는데 나의 길은 차가 다닥다닥 붙어 있는 정체된 2차선
도로처럼 보일 때 나를 위로해주는 음식을 찾게 된다.

정체되어 있어도 괜찮아, 좁아도 괜찮아,라고 위로해줄 것만 같은 음식을 먹고 싶다. 각자의 공간에서 시간을 보내다 얼떨결에 조우한 듯한 이질적인 풍경 속에 마주하는 팥죽 한 그릇. 이것이 나의 세계가 좁아질 때마다 찾고 싶은 음식이다. 힐링 푸드라고 할까.

조용한 연희동에 옛날교회를 연상시키는 적색 타일로 외벽을 꾸민 금옥당. 금옥당은 한천에 설탕을 넣어 굳힌 투명한 과자를 말한다. 금옥당에 팥앙금을 넣으면 양갱이 되는데, 양갱은 일본 화과자의 한 종류다. 거북이 로고가 인상적인 파란 간판을 지나 입구로 들어서면 쇼윈도의 오랜된 찻상 3개가 먼저 반긴다. 그 첫 번째 찻상 위를 가득 채운 것은 개성 있는 서양 커피잔들이다. 두 번째 찻상에는 2가지 크기의 포장용 박스에 담긴 양갱과 놋그릇이 놓여 있다. 세 번째 찻상 위에는 나무로 만든 그릇 세트가 놓여 있다.

사기와 놋그릇, 나무그릇의 조합이 자연스러우면서도 멋스럽다. 오픈 주방의 아라비아 핀란드의 빈티지 머그잔과 커다란 가마솥이 은근히 잘 어울리는 것처럼, 팥죽과 앙버터가 은근히 잘 어울리는 것처럼.

감각적인 디자인의 포장지가 인상적인 양갱은 기본 팥 맛 외에도 카카오 녹차, 크랜베리 앤 피스타치오, 밀크티, 흑임자, 쌍화차 등 16가지 맛이 있다. 당도를 조절한 팥앙금이 각 재료들의 맛을 부드럽게 받쳐주고 한천의 양을 줄여 매끈하고 쫄깃한 기존의 양갱과는 다르게 첫맛은 거칠지만 씹을수록 입안에서 부드럽게 퍼져 부담 없이 즐길 수 있다.

특히 단맛이 강하지 않아서 좋다. 씁쓸한 차와 함께 먹는 달달한 양갱을 좋아하거나 매끈하고 탱탱한 식감을 선호한다면 조금은 아쉬울 수도 있다.

나는 양갱보다 팥죽을 더 좋아한다. 놋그릇에 담겨 나오는 팥죽은 먹기 딱 알맞은 만큼의 온기를 담고 있다. 2알의 새알심, 1개의 밤, 해라기씨와 잣이 올려 있는 너무 묽지도 되지도 않은 팥죽 한 그릇을 마주하면 나도 모르게 마음이 편안해진다. 특히 부드럽게 씹히는 존재감 있는 팥알은 내 취향이다. 오독오독 씹히는 해바라기씨와 잣의 고소함은 팥죽의 맛을 풍성하게 해준다. 다만 팥죽에 동동 떠 있는 새알심이 입안에서 부드럽게 씹혀 넘어가는 느낌을 즐기는 나에게는 단짝처럼 붙어 있는 2알의 새알심이 조금 야박하게 느껴지기도 한다.

살다 보면 좁아질 때도 있고, 살다 보면 넓어질 때도 있는 길이건만 유독 좁아지기만 하는 시기가 있다. 터널은 지나가라고 있는 것이고, 시간도 지나가라고 있는 것이니, 좁아질 때는 아등바등 헤쳐 나가려고 용을 쓸 필요는 없다. 조용한 곳에서 마주한 나를 위로하는 음식 한 그릇을 먹으며 진실한 마음으로 나에게 처해진 상황을 헤아리려고 가늠해보는 것이 좋다. 그러면 좁아지기만 하는 길이 넓어지기도 한다.

집에서 밤홍차양갱 맛있게 만들기

양갱은 화과자의 한 종류로 만드는 방법에 따라 증양갱, 연양갱, 수양갱으로 나뉘는데 국내에서 시판되는 양갱은 대부분 연양갱에 속한다. 증양갱은 팥앙금에 설탕, 밀가루를 첨가해 조린 후 찌는 것, 연양갱은 한천을 첨가해 개어서 굳히는 것, 수양갱은 연양갱보다 물기 있게 만들어 차갑게 식혀 먹는 것이다. 팥 외에도 고구마, 완두, 녹두, 백합 뿌리 등을 사용하여 만들기도 한다.

시판 중인 팥앙금을 사용한다면 어렵지 않게 양갱을 만들 수 있다. 천연 분말을 첨가하여 양갱에 색과 맛을 입히고, 설탕과 물엿의 양을 조절해가며 원하는 맛을 찾아가는 과정은 완성품을 마주하는 기쁨과는 다른 즐거움을 준다. 정성 들여 만든 양갱을 예쁜 화과자 케이스에 담아 고마운 사람에게 선물해보자. 세상에 하나뿐인 특별한 선물이 될 것이다. 양갱은 기본적으로 씁쓸한 맛의 녹차와 잘 어울리며 커피 등 따뜻한 차와 함께 즐기기 좋다.

재료(2인분)

사각 무스 틀 1호, 백앙금 500g, 한천가루 1큰술, 물 300g, 설탕 2큰술, 물엿 50g, 밤 다이스 100g, 홍차가루 2g

만들기

1 냄비에 물과 한천가루를 넣어 섞고 10분간 불린다.

2 거품기로 저어가며 투명해질 때까지 중불에 끓인다.

3 설탕을 넣어 녹으면 백앙금과 올리고당을 넣고 잘 풀어준다.

4 홍차가루를 넣고 바닥에 눌어붙지 않도록 계속 저어가며 중약불에서 되직해질 때까지 약 10~15분간 졸인다.

5 밤다이스를 넣고 3분간 더 끓인 후 불을 끄고 사각 무스 틀에 부어 서늘한 곳에서 1~2시간 정도 굳힌다.

6 양갱을 틀에서 빼낸 뒤 원하는 크기로 자른다. 포장 용기에 담거나 하나씩 비닐로 포장하면 선물용으로 안성맞춤이다. 머핀 틀에 유산지를 깔고 양갱을 부어 굳히면 모양은 물론 포장에 용이하다.

얽히고설킨 감정을
풀어내고 싶을 때

떡을 돌리는 마음으로

내가 쏜 화살이 내 등 뒤에 꽂힐 때, 억울하더라도,
분하더라도 나의 잘못도 있음을 깨닫게 되는 시점

먼 곳을 향해 쏜 화살이 자신 등 뒤에 와서 꽂힌 적은 분명 누구에게나
있을 것이다. 그래서 옛사람들은 그리 조심하라고 일렀건만 사람은 망각의
동물인지라 매번 그것을 잊어버리고 또다시 화살을 쏘고 만다. 마치
오이디푸스가 예언을 피해 돌고 돌았지만 그 길이 예언으로 가는 곳일
수밖에 없었던 것처럼. 내가 쏜 화살들은 어디로 갔을까? 내 등 뒤로 와서
꽂힌 적도 있고, 오지 않았던 적도 있었다. 그렇다면 누군가의 등 뒤에 가서
꽂혔을 텐데.

그런 생각을 하면 굳이 가질 필요도 없는 미안함이 앞을 가린다. 물론 이것은 시간이 흐른 다음이다. 당시에는 미안함보다 억울함과 분노가 더 많았을 테니. 그냥 화살을 쏠 정도로 대담한 인간은 못되는지라 화살을 쏜 이유는 분명하게 존재했을 것이다.

하지만 시간이 지나면 그것 또한 어떠랴, 나름 사정이 있었겠지, 하는 마음이 된다. 나와 얽히고설켰던 사람들에게 떡이라도 돌리고 싶은 마음이 든다.

아파트 숲으로 둘러싸인 대치동에는 은마상가가 있는데 주변의 화려한 백화점과 대형마트의 정돈된 느낌과는 대조적으로 옛 정취가 물씬 풍기는 곳이다. 그곳에는 은마아파트의 오랜 역사와 함께 해온 수십 년의 내공이 느껴지는 음식점과 강남의 식탁을 풍성하게 채워주는 신선한 식재료, 각종 편의시설이 미로처럼 뒤섞여 있다.

밀폐된 공간을 빼곡하게 메우는 각종 음식 냄새의 유혹을 뿌리치고 좁은 길을 따라가다 보면 고소한 팥고물 냄새에 발길이 절로 멈춰진다. 사실 은마상가와 그 주변엔 떡집 투어를 해도 좋을 만큼 떡집이 많다. 그중에서 내가 자주 가는 곳은 호박설기가 매력적인 곳이다. 호박설기는 절제된 단맛과 촉촉하고 말랑말랑한 식감이 한 번 먹으면 끝도 없이 입으로 들어가는 마성의 떡이다. 아낌없이 들어간 호박 덕에 짙어진 빛깔과 향은 보기만 해도 맛깔스럽고 떡을 가득 감싸고 있는 포슬포슬 폭신한 거피 팥고물의 은은한 고소함은 이곳 호박설기를 더욱 특별하게 만든다.

특유의 고소함과 유자청의 상큼함이 어우러져 향기롭고 부드러운 두텁떡,
다양한 재료가 풍성하게 들어가 맛은 물론 영양까지도 챙길 수 있는
4종류의 찰떡과 1,000원이란 가격이 무색할 정도로 큰 크기와 풍성한
팥소가 들어 있는 찹쌀떡도 맛있다.

전통에 트렌디한 감각과 기술을 입혀 색다른 맛과 세련된 분위기로
승부하는 떡집이 많이 생기고 있다. 그런 곳들이 생기면 반가움과 궁금증에
한 번씩 찾아가곤 하는데 감탄과 함께 실망도 하게 되는 것이 사실이다.
양과자의 틀에 떡을 구워 형태만 변형시키거나 색다른 식기에 담아내는
것으로 맛집이 되어 시장 떡 값의 배를 받고 있는 곳을 볼 때면 몇 십 년
동안 한자리에서 떡을 만드는 곳이 그리워진다. '보기 좋은 떡이 먹기도
좋다'라는 속담이 있긴 하지만 우리는 '보기만 좋은 떡'을 액면 그대로
받아들여서는 안 될 것 같은 생각이 든다. 몇 십 년을 새벽잠도 제대로
못 자고 뜨거운 찜기 앞에서 동분서주하는 알려지지 않은 장인들이
만들어내는 맛은 트렌디한 감각에 묻혀버리기엔 너무 깊은 내공이 들어가
있다. 우리에게 익숙한 맛과 편안함은 결코 그 내공이 없으면 만들 수 없기
때문이다.

둘째가라면 서러울 정도의 음식 솜씨를 가진 엄마가 좋아하는 음식은
아이러니하게도 손에 꼽을 정도인데 그중에 떡이 들어간다. 딸과 엄마의
사이는 마치 연인과도 같아서 어제는 좋았다가 오늘은 미친 듯이 화가
날 때가 있다. 같은 여자라서 그런지, 아니면 유전자를 물려받아서 그런지
성격도 비슷한 면이 많아서 이리 툭, 저리 툭 할 때가 많다.

그럴 때마다 나는 이곳을 들러 엄마가 좋아하는 떡을 사서 집으로 향한다.
조금 농도가 짙은 자그락거림이라면 엄마의 취향을 신중하게 고려해
상자에 담는다. 그러면 이곳의 사장님은 엄마가 좋아하는 연보라빛
보자기의 상자를 예쁘게 감싸준다. 연보랏빛 보자기에 담긴 떡으로
엄마에게 화해의 신호를 보내면 언제나처럼 엄마는 맛있게 드시는
모습으로 화답하신다. 그 화해의 신호 덕분에 나는 오랜만에 엄마의
주특기인 닭볶음탕을 먹을 수 있다. 그리고 맘속으로 되뇐다. 화살을 쏘지
말자.

집에서 호박설기 맛있게 만들기

요즘 떡을 집에서 해먹는 경우는 그다지 흔하지 않다. 하지만 어릴 적 추억을 생각하며 호박설기를 만들어보자. 호박설기에는 단호박 고지가 들어가는데 한번 만들어두면 떡은 물론 베이커리나 죽 요리 등에 활용할 수 있다. 단호박 고지를 만들 여유가 없다면 인터넷을 통해 구입하거나 곶감으로 대체해서 사용해도 된다.

재료(2인분)

단호박 1/2개(150g), 멥쌀가루 3컵, 설탕 2큰술, 소금 1작은술, 단호박 고지

만들기

1 단호박은 속을 파내고 랩을 씌워 전자레인지에 10분간 돌린 뒤, 속만 파낸다.

2 볼에 멥쌀가루와 단호박을 넣어 양손을 가볍게 비비듯이 섞는다.

3 손가락으로 눌러가며 가루를 체에 한번 내리고, 설탕과 소금을 넣고 다시 한 번 체에 내린다. 한 손으로 반죽을 움켜쥐었을 때 뭉쳐지면 따로 수분을 넣지 않아도 되지만 단호박의 상태에 따라 수분이 부족할 수 있다. 반죽이 움켜쥐지 않으면 물을 조금씩 넣어가며 원하는 상태를 만든다.

4 대나무 찜기(지름 22cm)에 젖은 면보나 실리콘 패드를 깔고 가루를 반 정도 담는다. 그 위에 단호박 고지를 올리고 가루를 다시 올린다. 반죽의 윗면을 평평하게 만들어 단호박 고지를 올리고 뚜껑을 덮는다.

5 김이 오른 찜기에 20분 동안 찌다가 물을 끄고 5분간 뜸을 들인다.

6 한 김 식으면 떡 위에 접시를 대고 뒤집은 뒤 다시 한 번 완성 접시에 대고 뒤집어 식힌다.

단호박고지 만들기

1 단호박은 속을 파내고 랩을 씌워 전자레인지에 30초간 돌린다.

2 필러로 껍질을 벗긴 뒤, 한입 크기로 잘라 5mm두께로 채 썬다.

3 건조기나 햇볕에 말려 완성하고 냉동실에 보관한다.

닭다리 하나는
아버지에게,

옛날통닭

그립다고 말하지 않더라도
그저 보기만 해도 울컥 올라오는 그리운 것들이 있다

웅성웅성. 뜨문뜨문 모이는 인파. 다소 들뜬 분위기. 길을 걷다 갑자기 이런
분위기를 느껴진다면 분명 근처에 재래시장이 있는 것이다. 규모가 작은
곳보다 큰 곳이 더욱 활기차기 마련, 청량리 청과물시장에 가면 따듯한
온기와 에너지가 한데 섞여 뭐라 형언할 수 없을 만큼 생생한 기분이
느껴진다. 누군가가 삶이 권태로울 때 새벽시장에 가보라고 권한 적이 있다.
그곳에 가면 지금까지 평온한 삶이 그렇게 고마울 수 없다고.
나도 가끔 재래시장을 찾는다. 그곳에 가면 맛있는 음식이 그득하다.

푸짐하게 쌓아 올린 과일만 보아도 축 처져 있던 삶의 에너지가 상승한다.
특히 옛날통닭이 먹고 싶으면 통닭골목을 찾는다. 그곳에 들어서면 장마철
빗소리처럼 시끌벅적한 튀김 소리가 골목 안을 가득 채운다. 닭 내음의
비릿함과 기름의 고소함이 뒤섞여 어릴 적 통닭 한 마리에 세상을 다 얻은
것처럼 흥분했던 추억이 떠오른다.

여러 곳의 통닭집과 생닭, 닭의 부속을 판매하는 도매상이 모여 형성된
서울의 유일한 통닭골목으로 주변의 도매상으로부터 중간 유통
없는 저렴하고 신선한 국내산 생닭과 부속을 제공받아 인천, 수원의
통닭골목보다 더 저렴한 가격으로 옛날통닭을 판매한다.

주문과 동시에 가마솥에 바로 튀겨 바삭한 맛은 물론 산처럼 쌓아주는
푸짐한 양과 시장 특유의 정감 있는 분위기는 골목 안 어느 가게를
찾아가도 마찬가지다. 통닭집들은 거의 비슷한 메뉴로 장사를 하고 있지만
닭의 염지 여부와 방법, 사이드 메뉴, 소스에서 각 가게의 개성이 달라진다.
개인적 취향에 맞춰 자신만의 단골집을 찾는 것도 이곳을 찾는 재미다.
내가 자주 가는 곳은 동경통닭이다. 푸짐한 양만큼이나 푸짐한 친절함을
받을 수 있는 곳이다.

전날 도축한 닭이 그날 저녁 도매상에 도착하면 구입해 다음 날 절단해
사용하니 염지할 필요가 없을 정도로 고소하다. 담백함과 꽉 찬 육즙,
촉촉하고 부드러운 식감은 이곳만의 매력이다. 주문하면 그제야 튀김 옷을
얇게 입혀 고온의 가마솥에 한번 튀겨내어 마지막 한 조각까지 바삭하다.

닭만이 아니라 떡과 고구마, 닭똥집을 함께 튀겨준다. 이것 때문에
이곳으로 온다는 사람도 있을 정도니 확실하게 매력적인 맛이다. 기름에
튀긴 음식인지라 먹으면 느끼해지기 마련이다. 그럴 때는 청양고추가
들어간 간장소스를 찍어 먹으면 다시 새롭게 시작할 수 있다. 아삭한 무와
배추절임도 감칠맛을 돋우는 데 일조한다.

음식마다 떠오르는 추억에는 항상 엄마가 있다. 어미가 물어다 주는 먹이를
받아먹고 자라는 참새처럼 태어나서 지금까지 엄마의 손맛이 담긴 음식을
먹고 자랐으니 당연할 테지만 간혹 아빠가 먼저 생각나는 음식들이 있다.
월급날, 어김없이 손에 들려 있던 노란 봉투. 기름이 배어나온 노란 봉투
사이에 어렴풋이 비친 통닭의 자태는 고혹 그 자체였다.

엄마의 손에서 통닭이 해체되기 무섭게 눈치싸움이 시작되고 어느새
우리들의 손에는 각자가 좋아하는 부위가 하나씩 쥐어져 있었다. 4남매의
극성에 부모님은 끼어들 여지도 없었을 것이다. 많이 먹었다 혹은 좋아하지
않는다, 하는 말로 얼버무리는 게 당연하다고 느꼈던 그때를 생각하면
**아빠가 좋아하는 닭다리를 양껏 사드릴 수 있는데 곁에
계시지 않는다.**

재래시장에서 쓰는 돈과 마트에서 쓰는 돈은 무게가 다르다. 마트는 뭐
담은 것도 없는데 십만 원이 훌쩍 넘는데 재래시장은 바리바리 사들고
왔는데 그 금액의 절반이다. 물론 깔끔함과는 다소 거리가 멀지만 가벼운
주머니 사정에 대한 걱정이 덜한 편이다. 물론 카드를 잘 받지 않는 야속한
부분도 있지만 다 좋을 수는 없겠지 싶다.

무언가가 원활하게 진행되지 않을 때 한번 재래시장을
방문해보는 것도 좋다. 갔다 왔다고 원활하지 않았던 것이
원활하게 돌아갈 리는 만무하겠지만 목청 돋워 과일을 파는
아저씨의 목소리에, 쉴 새 없이 부쳐대는, 또는 튀겨내는
아줌마의 손길에, 응원을 받을지도 모른다.

집에서 옛날통닭 맛있게 만들기

물결무늬 튀김 옷이 골고루 입혀진 크리스피 치킨을 한입 베어 물면 '바삭'하는 소리와 함께 입안으로 퍼지는 고소함을 좋아하지만 나이 탓인지 정감 있게 튀겨진 옛날통닭의 담백함에 덜 애정이 간다. 최근 크리스피 치킨을 먹고 나면 튀김을 먹은 기분이 들고, 옛날통닭을 먹고 나면 닭을 먹은 기분이 든다.

나는 닭튀김을 할 때 일본에서 사온 매실초를 종종 사용한다. 닭에 매실초를 넣고 15분간 재워두면 잡내 제거는 물론 우매초의 짭짤한 맛이 배여 따로 간할 필요가 없다. 닭을 먹을 때 올라오는 은은한 매실 향이 매력적인 색다른 닭튀김을 즐길 수 있는 방법이다. 매실초를 구할 수 있다면 꼭 한번 도전해보길 권한다.

재료(2~3인분)

볶음탕용 닭 1마리, 염지액(소주 1/2컵, 물 2컵, 소금 1큰술, 후추 1작은술), 튀김가루 2컵, 찬물(얼음 물) 1컵

청양고추 간장소스 : 간장 4큰술, 식초 1큰술, 미림 1큰술, 물 1/2컵, 청양고추 2개

만들기

1 닭은 찬물에 깨끗이 씻어 불순물을 제거한다.

2 볼에 닭과 분량의 염지액을 넣고 골고루 섞어 냉장고에서 1시간 동안 숙성시킨다.

3 흐르는 물에 가볍게 씻은 닭은 채에 받쳐 물기를 뺀다.

4 튀김가루 1컵과 찬물을 섞은 튀김 반죽을 입힌 뒤 튀김가루를 가볍게 묻혀 175도 기름에 3분 30초간 튀긴다.

5 튀김이 한 김 식으면 180도 기름에 2분 30초간 다시 튀긴다.

6 간장소스는 냄비에 분량의 소스 재료를 넣고 한 김 끓인다. 소스가 식으면 청양고추를 송송 썰어 넣는다. 취향에 따라 양파를 곁들여도 좋다.

후루룩,
국수를 먹는다는 것에 대해서

국수

이러다저러다 생긴 억울함 또한
나의 몫이라고 생각하며 뱉지 말자

누군가 국수라는 주제 하나로 하나의 책을 만들어냈다고 한다. 그만큼
국수는 화려함과 소박함을 동시에 갖고 있는 음식이다. 특히 우리나라는
돌잔치에도 국수를 먹고, 팔순에도 국수를 먹는다. 누군가는 어머니의
생신에는 꼭 국수를 만들어 잡수게 한다고 한다. 건강하고 오래 사시라는
자식의 마음이지 않을까. 이렇게 국수는 장수의 의미를 가진다.

밤늦게 촬영이 끝나면 촬영을 도왔던 스태프는 되도록 집까지
바래다주려고 한다. 택시에 태워 보내는 것이 몸은 편하지만, 그렇게
보내고 나면 마음이 불편하다. 차 안에서 촬영하느라 바빠서 미처 해주지
못했던 이야기를 하다 보면 금세 스태프의 집에 도착한다. 그리고 비로서
혼자가 되어 돌아오는 길은 뻥 뚫린 도로처럼 홀가분하다. 그 순간, 문득
야식의 유혹이 일렁일 때 찾아가는 곳이 있는데 이곳이 나름 국수 쪽에
명성을 얻고 있는 국수집이다. 주문과 동시에 반죽을 제면기에 넣고
돌리기를 여러 번 반복한 뒤 면을 뽑고 바로 삶아주는데 그 덕분에 손님은
생면의 쫄깃함을 느끼지만 주인 입장으로선 시간과 수고를 감수해야 한다.
그리고 가격은 단돈 3,000원이다.

늦은 밤에도 이곳은 이제 막 술자리를 시작하는 사람들과 출출함을
해결하려는 사람들로 이미 만석이다. 1시간 이상을 기다려야 한다는
사장님의 말에 고민도 잠시, 고소한 멸치국물의 향과 기분 좋게 반주를
하고 있는 사람들의 모습이 발목을 잡는다. 이대로 돌아가 침대에 누우면
천장에 국수 그릇이 뱅글뱅글 돌아다닐 게 뻔하다. 보람찬 하루를 마감하기
위해선 이 국수를 기필코 먹어야 하기에 사장님이 건네는 플라스틱 의자를
받아들고 가게가 잘 보이는 곳에 자리를 잡는다.

부모님이 맞벌이여서 언니는 종종 엄마의 퇴근이 늦으면 특식을
만들어주곤 했다. 냉장고에서 꺼낸 차가운 보리차에 설탕을 풀어 삶은
소면을 말아주던 설탕국수. 설탕과 찬 보리차가 죽이 잘 맞아 꿀떡꿀떡
잘도 넘어갔다.

어른이 돼서 이 음식이 전라도에서만 먹는 음식이라는 것을 알게 되었는데 난 서울 태생이지만 부모님의 고향이 전라도라 언니가 그 영향을 받은 듯하다. 지금도 만들어달라고 하면 후딱 만드는데 보리차 대신 생수를 사용하고 간장을 조금 넣어 간을 한 뒤 통깨를 솔솔 뿌리면 어른 흉내 내는 아이의 맛이 난다. 거기에 시큼하게 익은 열무김치를 올려 먹으면 새콤달콤한 것이 이만한 별미도 없다.

시간이 갈수록 기다리는 손님과 되돌아가는 손님이 늘어나지만 사장님은 아랑곳하지 않고 자신의 페이스를 유지한 채 요리에 집중한다. 드디어 나온 국수 한 그릇. 토핑은 송송 썬 파와 고춧가루, 통깨가 전부다. 흔한 김가루 조차 올리지 않은 소신은 면과 국물로도 충분하다는 자신감의 표현일까? 국물을 한술 떠보니 츤데레 사장님처럼 기교 없는 솔직하고 직선적인 맛이다. 멸치에서 우러난 감칠맛과 고소함이 입안 가득 퍼지면서도 비린 맛이 없다. 또한 고춧가루가 끝맛을 치고 올라와 은은하게 매운맛을 느낄 수 있다. 우동보다는 얇고 국수보다는 굵은 면발은 생면의 식감을 그대로 느낄 수 있을뿐더러 잘 불지 않아 마지막 남은 한 가닥의 면발에서도 탄력을 느낄 수 있다.

난 위가 작은 편이다. 의사선생님이 그렇게 진단했다. 국수를 좋아해 한 그릇을 시키지만 위가 작아 깨끗하게 비운 적이 거의 없었다. 하지만 홍제동 우동국수에서만은 깨끗하게 비운 그릇으로 보답하고 싶었다. 그렇다고 억지로 먹었다는 의미는 아니다. 부드럽게 후루룩 넘어가는 것이 희한하게 부대끼지 않았다.

이곳에서 국수 한 그릇을 먹으면 뱃속의 허기와 함께 마음의 허기도
채워진다. 그래서 난 종종 밤늦게까지 촬영이 이어지는 날이면 이곳에 와
국수 한 그릇을 먹는다.

모든 사람들이 다 그렇겠지만 일하다 보면 이상야릇하게
말로는 표현하기 힘든 억울함이 생긴다. 그것이 허기까지
보태지면 더욱 힘이 빠지는데 이곳에서 국수를 먹으면 그것이
사라진다. 특히 직접 손으로 만드는 국수를 먹고 있노라면
세상사 불필요한 부분까지 내가 삼키고 있는 것은 아닌가
하는 생각이 든다.

그렇다고 예전처럼 성격대로 뱉을 수도 없으니 그저 아무렇지 않게
받아들이고 흘려보내는 쪽으로 가보려고 노력해본다.

집에서 멸치국수 맛있게 만들기

멸치국수는 멸치 국물만 만들면 요리의 70%는 끝났다고 해도 과언이 아니다. 그래서 좋은 멸치를 사용해야 하는데 길이 8cm 이상의 은빛이 도는 맑은 색의 멸치로 시큼한 냄새가 나지 않는 것이 좋으며, 먹었을 때 구수한 맛이 나고 짜지 않으면서 은은한 단맛이 올라오는 것이 좋다. 멸치 육수는 한번 만들 때 여유 있게 만들어놓으면 다양한 요리에 활용이 가능하다. 부슬부슬 비가 내리거나 찬바람에 으슬으슬 추울 때 진한 멸치 향의 뜨끈뜨끈한 국수로 따뜻한 기운을 온몸에 전해보자.

재료(2인분)

중면 200g, 채 친 실파 2대, 애호박 50g, 당근 50g, 고춧가루, 통깨, 소금, 후추, 식용유 약간

멸치 육수 : 머리와 내장을 제거한 국물용 멸치 20마리, 대파 뿌리 10대, 양파(껍질째) 1/2개, 무 100g, 다시마(10cm×10cm) 2장, 말린 고추 2개, 물 10컵, 진간장 5큰술, 소금 1작은술, 후추 1작은술

만들기

1 멸치 육수를 만들어보자. 냄비에 멸치를 넣고 중약불에 3분간 볶는다. 물, 대파 뿌리, 양파, 무, 다시마를 넣고 강불에 끓인다. 끓기 시작하면 다시마를 건져내고 중약불로 줄인 뒤 진간장, 소금, 후추를 넣고 20분간 끓인다. 체에 건더기를 걸러 국물을 완성한다.

2 국수를 삶아보자. 냄비에 물을 붓고 끓으면 중면을 펼치듯 넣는다. 3분간 저어가며 삶다가 찬물 2컵(분량 외)을 넣고 다시 2분간 삶는다.

3 고명을 만들어보자. 애호박과 당근은 채 썰어 기름을 살짝 두른 팬에 각각 볶는다. 이때 소금으로 간한다.

4 그릇에 삶은 중면을 담고 끓여놓은 멸치 국물을 붓는다. 애호박과 당근을 올리고 고춧가루와 통깨를 뿌린다.

※ 취향에 따라 김가루를 올려도 된다.

가슴의 체증아,
쏙 내려가라

북엇국

따뜻한 국물 한 모금에
날 억누르던 무언가가 내려간다

사는 거 뭐 별건가, 라며 한없이 쿨하게 생각하며 살고 싶지만 묵직한 무게를
느낄 때가 있다. 그것이 내 어깨를 짓누르고 있다고 느낀 순간, 삶이 한없이
막막해진다. 뚜렷한 대안이 있는 것은 아니다. 오로지 내 몸를 짓누르는
무게를 받아들이고 감당할 뿐이다. 그렇게 살아간다. 하지만 도저히
감당할 수 없을 정도로 숨이 턱턱 막히는 날, 따뜻한 국물이 먹고 싶어진다.
시원함을 느낄 정도로 뜨거운 국물을 마시고 나면 가슴속 체증이 시원하게
뚫릴 것 같다.

반백 년이 넘는 긴 세월 동안 몸속 독소로 고통을 받는 이들의 쓰린 속을 달래고 풀어주고 있는 북엇국집이 있다. 오로지 북엇국만 끓여서 그것만 판다. 1968년 무교동에서 장사를 시작해 재개발로 1979년 다동으로 이전한 후 계속 영업하고 있다. 기본찬은 나박김치, 부추무침, 오이지무침, 김치가 전부지만 북엇국의 깊은 맛 하나로 승부하고 있는 셈이다. 새우젓 무침은 반숙 달걀 프라이와 함께 밥에 비벼 먹으면 고소하고 짭조름한 게 밥도둑이 따로 없다.

북엇국은 11시간 이상 푹 고아낸 진하고 고소한 한우 사골의 깊은 맛과 북어를 넣고 우린 개운한 맛의 육수를 혼합해 만드는데, 이때 사용하는 북어는 강원도 고성 덕장과 속초 집하장 일대에서 말린 것을 가져다 쓴다. 북엇국에는 밥을 말아야 제맛인데, 고슬고슬 찰지게 잘 지은 밥을 말아서 먹으면 뱃속이 따뜻해지면서 그렇게 속이 든든할 수 없다. 통통한 북어, 부드러운 두부와 달걀물 덕에 목 넘김이 편안하다. 특이하게도 이곳은 북엇국을 더 먹으라고 독려한다. 반찬 좀 더 달라고 하면 귀찮다는 표정으로 무성의하게 대충 갖다놓는 곳과 다르게 대접받는 느낌이 든다.

"사양하지 말고 드세요"라는 권유에 "그럼 사양하지 않고 한 그릇 더 먹겠습니다"라고 답하는 풍경이 벌어진다. 그래서 그런가, 따뜻한 국물이 필요했던 나에게 이 광경은 가슴에 얹혀 있던 무언가가 쑥 내려가는 느낌을 받게 했다.

내가 지고 있는 묵직한 무게 또한 감정의 문제니, 그 감정이
다른 형태로 영향을 받아 풀리면 가벼워지는 것처럼 뭔가가
내려가면 나는 잠시 잠깐일지라도 가벼워진다.

그렇게 가벼워진 마음으로 사람들을, 상황들을 배려 어린 눈길로 보면
나를 억누르던 일부분이 스르륵 녹아내리지 않을까. 대안이 없는 무게를
짊어지고 있는 나에게 이것이 약간의 토닥임이지 않을까 싶다.

어른을 위로하는
분식

떡튀맥

호호할머니가 되어도 떡볶이를 먹고
백발이 되어도 맥주 한 잔을 마실 수 있도록

예전엔 백 원짜리 동전 하나면 기다란 떡볶이 10개와 어묵 몇 조각을
사먹을 수 있었다. 1990년대에 태어난, 아니 1980년대에 태어난 사람들도
이해하지 못할 이야기지만 그런 시절이 있었다. 오백 원만 있어도 그날
하루는 이것저것 다 사먹을 수 있다는 뿌듯함까지 들었다. 사라지고 없는
초등학교 앞 분식집 이야기는 지금도 동창을 만나면 빼놓지 않고 하는
레퍼토리다.

떡볶이를 먹는 방법에도 취향이 다 달랐다. 나의 경우 숟가락을 세로로 세워 기다란 밀떡을 툭툭 잘라 떡볶이 국물과 함께 떠먹는 방법을 좋아했다. 숟가락 위에 듬뿍 담긴 매콤달콤한 소스의 맛이 입안 가득 퍼지고 쫄깃쫄깃한 밀떡이 부드럽게 식도로 넘어가면서 느껴지던 자극적인 맛은 그때까지 경험해보지 못한 신세계의 맛이었다. 서비스로 나오는 뜨끈한 어묵 국물로 얼얼해진 입안을 중화시켜도 주체할 수 없이 흐르는 콧물을 막을 수 없었던 것처럼 떡볶이를 향한 마음은 점점 커져서 분식집 아주머니가 엄마였으면 좋겠다고 친구에게 진지하게 고백까지 했던 적이 있었다.

그 옛날 분식집이 생각나 다시 한 번 찾아가봤지만 그곳엔 낯선 건물이 들어서 있었다. 데면데면하게 굴던 친구와 분식집 메뉴를 고르며 단짝이 되었고 그 친구와 수시로 드나들며 쌓인 추억까지 사라진 것 같아 기분이 묘했다. 다른 사람들은 몇 십 년을 두고 단골분식점을 찾아가곤 한다는데 아쉽게도 내 기억 속 분식집은 남아 있는 곳이 하나도 없다. 오래된 분식집을 기대에 부풀어 찾아갔다가 허탈하게 돌아온 경험이 있다. 어쩌면 그건 몇 십 년의 시간을 공유하지 못했기 때문이란 생각이 들었다. 그로 인해 '맛있다'는 감정에 공감이 안 되는 것이다.

그렇다면 다시 누군가와 추억을 쌓아갈 떡볶이집은 찾을 수밖에 없다. 그중의 한 곳이 상수동에 있다. 삭떡볶이는 어른을 위한 분식집이라고 할 수 있는데 떡볶이와 수제튀김, 맥주의 삼박자가 딱 들어맞는 곳이다.

떡튀맥이라는 단어가 입에 착착 붙는 것처럼 빠르게 변화하는 홍대 주변의
속도와는 다르게 뒷골목의 운치를 간직한 허름한 외관의 좁은 가게는
포장마차를 연상시키는 편안한 분위기로 떡볶이와 튀김을 안주 삼아 맥주
한잔 마시기에 더할 나위 없이 좋은 곳이다. 간단한 한 끼가 생각날 때면
어김없이 떠오르는 곳이자 피맥을 잊게 할 떡튀맥의 매력에 흠뻑 빠지게 해
준 아지트 같은 어른의 분식집.

2006년 장사를 시작해 유명세를 치르면서 확장하고 이전했지만 맛에는
변함이 없다. 수제 튀김이 튀겨지는 동안의 기다림이 있지만 납득이 갈
정도로 튀김의 아삭함이 그대로 전해진다. 특히 이곳의 떡볶이는 내가
좋아하는 밀떡으로 만들어 땡땡하면서도 야들야들한 식감을 유지한다.
적당하게 매운맛이 올라오는 떡볶이 국물은 튀김의 느끼함을 가셔준다.

분식집 튀김치고는 가격이 조금 비싼 편이지만 흔히 먹는 분식집 튀김보다
2~3배는 크니 주문할 때 양 조절을 잘해야 한다. 대부분의 튀김이 먹고
나면 속이 더부룩한데 이곳의 튀김은 튀김옷이 얇고 밀가루의 날냄새가
없으며 먹고 난 후의 더부룩함도 덜하다. 기름 관리를 잘해서 그런지 튀김
색이 깨끗하고 기름에 전 잡내 또한 전혀 없다.
오징어, 고추, 김말이, 오징어치즈완자, 새우, 고구마, 호박 등 12가지
종류의 튀김이 있는데 내 취향은 이곳의 시그니처 튀김인 김말이다.

313

수공이 많이 들고 관리가 어려워 튀김이 맛있다는 곳도 김말이는 제품을
구입하는 곳이 많은데 이곳의 김말이는 눈앞에서 만드니 의심의 여지가
없다. 간장의 달달한 맛이 스며든 당면과 채 썬 깻잎을 섞어 김으로
촘촘하게 말아서 튀겨내는데, 바삭한 튀김의 식감과 젤리 같은 쫀득쫀득한
당면의 식감에 입이 즐겁고, 달달하고 고소한 맛과 은은하게 퍼지는 깻잎의
향이 어우러져 차원이 다른 김말이의 맛이다. 김말이 튀김과 견주어지는
오징어튀김은 다리와 몸통을 따로 판매하는데, 바삭한 튀김 옷 속에 감춰져
있는 부드러운 오징어 살은 누구나 사랑하는 맛이다. 오징어 특유의 탱탱한
저항감과 그 속에 숨겨진 부드러운 식감을 온전히 느낄 수 있도록 튀겨내는
기술이 뛰어나다.

내가 호호할머니가 되어도 찾아와 회상할 수 있도록 이곳이 오래도록
지속되었으면 한다. 백발이 된 친구와 둘이서 지나간 추억을 곱씹으며
떡볶이와 튀김, 거기에 맥주 한 잔을 걸칠 수 있다면 금상첨화겠다.

집에서 떡볶이 맛있게 만들기

밀떡, 수제 고추장, 설탕, 미원, 어묵 국물을 넣어 만들던 추억의 떡볶이는 자극적이면서도 입안에서 부드럽게 넘어가는 중독성 있는 맛이었다. 맛에 대한 다양한 경험을 통해 입맛이 달라지고 맛있는 음식에 대한 기준도 달라졌지만, 지금도 선명하게 기억되는 추억의 맛은 이성과 이론으로는 설명할 수 없는 다른 의미의 맛으로 존재한다. 그때의 레시피는 가물가물하지만 기억을 되짚어 만들어보자. 밀떡은 식자재마트나 재래시장에서 구입이 가능하다.

재료(2인분)

밀떡 200g(약 20개), 어묵 2장, 대파 1대, 삶은 메추리알 10개, 육수(다시마, 무, 파뿌리로 끓인 물) 2컵,

양념 : 고운 고춧가루 2큰술, 고추장 2큰술, 설탕 2큰술, 간장 1큰술, 소금과 후추약간

※ 고운 고춧가루가 없다면 굵은 고춧가루를 블렌더로 갈아준다.

※ 취향에 따라서 카레 가루나 춘장을 살짝 첨가하면 평범한 떡볶이의 맛에 개성이 입혀진다. 조미료에 대한 거부감이 없다면 다시나 미원을 조금 넣어보자. 옛날에 먹었던 떡볶이 맛에 조금 더 근접한 기분이 들 것이다.

만들기

1 떡볶이 양념 재료를 넣고 섞어 소스를 만든다. 하루 전에 미리 만들어 숙성시키면 더욱 맛있다.

2 밀가루 떡볶이는 하나씩 뜯어서 가볍게 데치는데 이렇게 하면 떡볶이 국물이 텁텁해지지 않는다.

3 어묵은 4등분을 한 뒤 사선으로 자르고, 대파는 어슷하게 썬다.

4 납작한 냄비에 물, 삶은 떡볶이, 떡볶이 양념을 넣고 센불로 끓인다.

5 끓어오르면 중불로 줄이고 어묵을 넣어 뭉근히 끓인다. 국물이 자작해지면 대파와 삶은 메추리알을 넣고 마무리한다.

※ 빈대떡을 얇게 부쳐서 그릇에 넣고 떡볶이를 담아서 함께 먹어보길 권한다.

<u>별것 아닌 것 같지만
도움이 되는</u>

콩나물국밥

다른 사람의 슬픔에 마주하고 싶다는 마음만으로도,
너와 나는 따스해진다

남편 하워드와 사랑스런 8살 아이를 둔 앤은 토요일, 월요일에 생일인
아들을 축하하기 위해 케이크를 주문하러 빵집에 간다. 사랑하는 아들을
위한 케이크니 얼마나 하고 싶은 말이 많았을까? 이랬으면 좋겠고,
저랬으면 좋겠다는 이야기를 한참 하는데 빵집의 무식해 보이는 늙은
주인을 심드렁하게만 받아들인다. 허구헌날 빵집에서 빵만 만드는 우울한
얼굴을 하고 있는 늙은 남자가 내 얘기를 귀담아 듣지 않다니. 자기 할
말을 다 마친 앤은 빵집 주인에게 경멸의 시선을 보내면서 자신의 이름과
전화번호를 두고 온다.

그리고 아무 일도 일어나지 않고 즐거운 마음으로 월요일에 케이크를
찾으러 갔으면 얼마나 좋았을까? 하지만 세상사 내 맘대로 되는 일은 없다.
사랑스런 아들이 교통사고를 당해 죽은 것이다. 그 와중에 늦은 밤마다
울리는 늙은 빵집 주인의 전화와 횡설수설. 아마도 케이크를 주문하고
찾아가지 않은 것에 대한 항의였을 것이다. 말주변이 서툴러 제대로
표현하지 못하고 횡설수설했을 것이다. 앤과 남편은 화를 참지 못하고 늦은
밤 빵집에 찾아가, 욕설을 퍼붓다 흐느껴 운다. 이제야 젊은 부모의 사정을
알게 된 빵집의 말주변이 서툰 늙은 주인은 이렇게 말한다.
"내가 갓 만든 따뜻한 롤빵을 좀 드시죠. 이럴 때 뭘 좀 먹는 일이 별것 아닌
것 같지만, 도움이 될 거요."

레이먼드 카버의 단편소설 「별것 아닌 것 같지만, 도움이 되는」의 내용이다.
매우 짧은 단편인데 우리가 느껴야 할 모든 것이 들어가 있다. 난 이 소설을
읽으면서 아들을 잃은 젊은 부모에게, 말주변이 서툴고 피곤에 지친 늙은
빵집 주인에게, 콩나물국밥을 대접하고 싶다는 생각이 들었다. 슬픔인지
뜨거움인지 모를 정도로 감정이 범벅이 되어 콧물을 훌쩍이며 떠먹다 보면
어느새 뚝배기가 비워질 테고, 비워진 만큼 또 무언가를 채울 테니 말이다.
특히 토렴을 잘하는 집의 콩나물국밥을 먹고 싶다.

콩나물에는 숙취 해소에 좋은 아스파라긴산이 다량 들어 있다. 이 효능을
어떻게 알고 국으로 끓였는지 선조들의 지혜에 감탄할 뿐이다. 나는 유난히
시원한 맛을 내는 보문동의 일흥콩나물국을 좋아한다.

30년이 넘게 영업해온 이 집은 군산식 콩나물해장국의 양대 산맥인
'일흥옥'과 관계가 깊다. 1975년 군산에서 일흥옥을 열어 운영하다
지인에게 넘기고 이곳에 자리를 잡고 새롭게 문을 열었는데 지금은 2대가
이어받았다. 토렴하는 모습을 보면 이곳의 내공을 느낄 수 있다.

빈 뚝배기에 밥을 올린 후 콩나물과 날달걀을 올려 뜨거운 멸치육수를
부었다 따랐다를 반복하는 과정을 통해 밥에 간이 배어들고 콩나물은
더 아삭해진다. 토렴을 통해 데워진 뚝배기는 뜨거운 불에 올렸다 나온
것보다 덜 자극적이고, 적당한 온도의 국물은 기다릴 필요 없이 훌훌
떠먹기에 그만이다. 일반 국자가 아닌 박 바가지로 토렴을 해서인지 더욱
담백하게 느껴지는 국물은 깊이 있고 편안한 맛으로 쓰린 속을 부드럽게
어루만진다. 인위적인 맛을 배제한 듯 국밥 위에 올려주는 김도 조미김을
사용하지 않는다.

오랜 경험을 통한 지혜로 육수통 위에서 말리는 청양고추는 곱게 갈아
국밥 위에 올리면 맛이 더 개운해지고, 토렴으로 수란이 된 달걀의
노른자는 그것만 먼저 떠서 먹든 아니면 터트려서 먹든 그날 취향에 따라
먹으면 된다. 함께 나온 자하젓을 풀면 담백한 국물에 젓갈의 맛이 더해져
개성 있는 국물이 된다.

콩나물국밥은 숙취 해소로 많이 먹고 있지만 속이 더부룩하거나 이런저런
감정으로 기분이 묘할 때 먹으면 기분 전환에 도움이 된다. 정말 별것
아니지만 여러 모로 도움이 되는 음식이다.

집에서 콩나물국밥 맛있게 만들기

지금은 거의 볼 수 없지만 재래시장에선 아줌마끼리 미묘한 신경전이 벌어지곤 했다. 콩나물 천 원어치를 박력 넘치게 담아내는 판매자의 손길이 멈출 때면 평소 볼 수 없던 애교로 콩나물 한 주먹을 더 얻어내려는 소비자. 과연 더 얻어낼 수 있을까? 호탕한 웃음을 보이며 한 주먹만큼 콩나물이 더 담긴다. 지금은 흔하게 볼 수 없는 풍경이라 아쉽지만 그런 모습을 생각하며 군산식 콩나물국밥을 만들어보자.

재료(2인분)

밥 2공기, 콩나물 100g, 멸치 1/2컵, 북어 머리 1개, 다시마(10cm×10cm) 1장, 무 50g, 물 800g, 국간장 1큰술, 다진 마늘 1/2큰술, 소금과 후추 약간

토핑 : 달걀 1개, 고춧가루 약간, 자른 구운 김 1/2장, 송송 썬 대파 약간

만들기

1 시원한 멸치 육수를 만들어보자. 냄비에 멸치를 넣고 중약불에 3분간 볶는다. 물, 북어 머리, 큼직하게 썬 무, 다시마를 넣고 강불에 끓인다. 끓기 시작하면 다시마를 건져내고 거품을 제거한다. 중약불로 10분 정도 더 끓인 뒤 멸치, 북어 머리, 무를 건져낸다.

2 1에 콩나물, 국간장, 마늘을 넣고 중불에 7분간 끓이는데, 뚜껑은 열고 끓인다. 소금과 후추를 넣고 3분간 더 끓인다.

3 뚝배기에 밥을 담고 국물을 부어 토렴(국물을 부었다 따랐다를 반복)한 다음 준비한 토핑 재료를 취향껏 올려 완성한다. 기호에 따라 밥을 따로 곁들여 국으로 즐겨도 좋다.

※ 취향에 따라 새우젓을 곁들인다.

321

마흔 개의 맛집 주소

HAPPYNESS 幸福

농민백암순대
A. 서울 강남구 선릉로 86길 40-4
OPEN 11:10 CLOSE 21:00
일요일과 공휴일 휴무

뭉치바위
A. 서울 종로구 창덕궁 1길 10
OPEN 11:30 CLOSE 21:30
일요일 휴무

곱(마포점)
A. 서울 마포구 도화길 31-1
OPEN 16:30 CLOSE 24:00

오근내닭갈비
A. 서울 용산구 이촌로 29길 15
OPEN 12:00 CLOSE 22:30

목노집
A. 서울 은평구 연서로 28길 10
OPEN 12:00 CLOSE 24:00

강동 KD부대찌개
A. 서울 강동구 올림픽로 62길 7
OPEN 11:00 CLOSE 23:00
일요일 휴무

호수집
A. 서울 중구 청파로 443
OPEN 11:00 CLOSE 22:00
BREAK TIME 14:00~17:00, 일요일 휴무

CHAPTER 2 LOVE 愛

장꼬방
A. 서울 종로구 종로 200-4
OPEN 09:00 CLOSE 22:00

은주정
A. 서울 중구 창경궁로8길 32
OPEN 11:00 CLOSE 22:00
일요일과 명절 휴무

우르라경양식
A. 서울 송파구 백제고분로39길 33
OPEN 11:00 CLOSE 21:30
BREAK TIME 15:00~17:00

탐라돈

A. 서울 마포구 서강로9길 56

OPEN 17:00 CLOSE 24:00

열차집

A. 서울 종로구 종로7길 47

평일 OPEN 11:00 CLOSE 23:00

토요일 OPEN 14:00 CLOSE 22:00

일요일 휴무

와사등

A. 서울 종로구 인사동 1길 9

OPEN 15:00 CLOSE 02:00

할머니토스트

A. 서울 도봉구 덕릉로 249

OPEN 08:00 CLOSE 18:00

일요일 휴무

히노키공방

A. 서울 마포구 신촌로14안길 3

OPEN 12:00 CLOSE 20:00

일요일 휴무

CHAPTER 3 LONELINESS 孤寂

제일콩집

A. 서울 노원구 동일로 174길 37-8

제일빌딩

OPEN 09:00 CLOSE 21:00

남대문호떡

A. 서울 중구 남대문로 12 영화빌딩

(기업은행 앞 노점)

OPEN 08:00 CLOSE 18:00

비젼만두

A. 서울 용산구 효창원로42길 30

OPEN 10:00 CLOSE 20:00

연지원

A. 서울 은평구 진관길 73 진관사

맛있는집

A. 서울 마포구 망원로8길 30

OPEN 10:00 CLOSE 22:00

둘째, 넷째 주 수요일 휴무

광장시장 육회 골목
A. 서울 종로구 창경궁로 88
평일 OPEN 09:00 **CLOSE** 21:00
주말 OPEN 09:00 **CLOSE** 22:00~22:30
가게마다 휴무일 다름

방아다리감자국
A. 서울 종로구 종로 39길 50
OPEN 10:30 CLOSE 16:30
일요일과 명절 휴무

성내불데기집
A. 서울 강동구 양재대로 81길 20
OPEN 09:00 CLOSE 22:00

CHAPTER 4 TOGETHER 共存

가타쯔무리
A. 서울 서대문구 명지대길 72
OPEN 11:00 CLOSE 14:30
페이스북 휴무일 확인

원흥
A. 서울 중구 다동길 46
OPEN 11:30 CLOSE 20:50
일요일 휴무

마포구이구이
A. 서울 마포구 마포대로 4가길 45
OPEN 10:00 CLOSE 22:00
일요일 휴무

부영도가니탕
A. 서울 종로구 북촌로 141
OPEN 08:00 CLOSE 20:00

서북면옥
A. 서울 광진구 자양로 199-1
OPEN 11:00 CLOSE 21:00
일요일 휴무

일신기사식당
A. 서울 용산구 효창원로 218
OPEN 06:00 CLOSE 21:00

문배동 육칼
A. 서울 용산구 백범로 90길 50
OPEN 09:30 CLOSE 19:30
일요일 휴무

횟집 울릉도

A. 서울 은평구 서오릉로 29-4

OPEN 11:30 CLOSE 22:00

Break time 14:30~17:00, 일요일 휴무

CHAPTER 5 COMFORT 慰安

내자땅콩

A. 서울 종로구 사직로 111-1

엉터리네 숯불곰장어

A. 서울 은평구 통일로 715-9

OPEN 15:30 CLOSE 01:00

금옥당

A. 서울 서대문구 연희로 11라길 2

OPEN 11:00 CLOSE 20:00

월요일 휴무

김경애떡방

A. 서울 강남구 삼성로 212 지하 A블럭 38-1

OPEN 06:00 CLOSE 21:00

첫째, 셋째 주 일요일 휴무

동경통닭

A. 서울 동대문구 제기동 635-1

OPEN 10:00 CLOSE 23:00

둘째, 넷째 주 수요일 휴무

즉석우동국수

A. 서울 서대문구 통일로40길 5

OPEN 21:00 CLOSE 02:00

일요일 휴무

무교동 북어국집

A. 서울 중구 을지로 1길 38

OPEN 07:00 CLOSE 20:00

삭떡볶이(상수본점)

A. 서울 마포구 독막로 71

OPEN 11:00 CLOSE 22:00

일홍콩나물해장국

A. 서울 성북구 인촌로 5길 77

OPEN 06:00 CLOSE 03:00

나만의 맛길

행복이
머물렀다

초판 1쇄 인쇄 2019년 5월 14일
초판 1쇄 발행 2019년 6월 3일

글 김수경
사진 김수경, 이갑성

발행인 이웅현
발행처 (주)도서출판 도도

전무 최명희
기획 · 편집 홍진희
디자인 김진희
홍보 · 마케팅 이인택
제작 퍼시픽북스

출판등록 제 300-2012-212호
주소 서울 중구 충무로 29 아시아미디어타워 503호
전자우편 dodo7788@hanmail.net
내용 및 판매문의 02-739-7656~9

ISBN 979-11-85330-59-4(03810)
정가 15,800원

이 도서의 국립중앙도서관 출판예정도서목록(CIP)은 서지정보유통지원시스템 홈페이지(http://seoji.nl.go.kr)와
국가자료공동목록시스템(http://www.nl.go.kr/kolisnet)에서 이용하실 수 있습니다. (CIP제어번호 : CIP2019018242)